天空の約束

川端裕人

集英社文庫

天空の約束　目次

天空の約束

雪と遠雷

ガラス細工の小瓶に、のっぺりとした暗い雲の連なりが映っている。

表面についた細かな水滴のひとつひとつに全天を宿し、風を受けて微妙にゆらぐ。陰影だけが刻々とうつろう万華鏡のようだ。

「ぼくたちは、とてつもなく高く育つ、熱い雲を見た」と男の声が言った。

「おそろしいわ。思い出すたび体が震える」と女の声が応えた。

小瓶は男の掌《てのひら》の上にある。中に詰められた透明な液体が、くっきりと対流している。

「ああ、そうだね。おそろしいことだ。けれど、ぼくたちはいつも、おそろしいものに取り囲まれている」

男の言葉に対して、女は憂いがちなおももちで、小首を傾《かし》げた。

「今、小瓶に映っている雲の中だって、大きな力が渦巻いている。のっぺりとしているようで、実はこのあたり特有の雪下ろしの雷をためこんでいる。きみには分かっているのだろう。これはこれで、凄《すさ》まじいものだよ。雲の物理過程としても、興味深い」

小瓶の表面に映った雲の底がどす黒くなっている。男の言う通り、大きな嵐が近づいているのと女はとっくに気づいている。ひらりとした雪片が女のまつげにかかる。

「あなたは勉強したのね」

「いや、まだまだだ。知りたいことがたくさんある。だから、旅をやめられない」

男は小瓶を女に差しだした。

「これを、あたしに？」

「マリヤから預かってから、ずっとぼくが持ち歩いていた。誰かが保管してくれるといい。あまりにたくさんの記憶が詰め込まれているからね」

遠く雷の音が響く。小瓶の表面の雲は、すでに形を失って、無数の稲光を反射するばかりだ。

数十年前のこと。飴《あめ》のように滑らかな小瓶の面《おもて》に最初に映し出されたのは、燃えさかる炎だった。内側に吹き込まれる圧力で膨らみ、筒型に整えられると、今度は透きとおった液体が満たされた。

酵母が泡立ち、香ばしい匂いをあたりにまき散らす中、金色の花びらが一片《ひとひら》落ちてきた。

「うわあ、きれい」と小さな女の子の手が包み込んで、両の目が映り込んだ。

鼓動を感じ、息遣いを感じた。

封じられた花びらを宿し、小瓶も一緒に呼吸を始めた。

小瓶が映すのは、その子の濁りのない両の目であり、太陽の光であり、薄明るい星々だ。そして、時を経て、代替わりした子どもたちの声とともに揺れる。

湿気をはらみ熱を対流させる空と同様に、小瓶の中の液体もめぐる。

よき時ばかりではない。時には強すぎる嵐を映す。薄暗い雲の底が泡立ち、風や雹《ひょう》が吹き荒れる。あたたかな光をためこんだ小瓶は、不安げな子どもたちにそっと歌いかけるが、届かないこともしばしばだ。

とりわけ、青空の一点から途方もなく凝縮された熱が放たれ、湧き上がった巨大な雲は、小瓶の「記憶」に深く刻みつけられた。子どもたちが助けを求める叫び声とともに。

小瓶は語られるべき物語を持っている。耳を傾ける者を待っている。


「今しばらくは、預かっていてくれないか。ぼくたちに起こったこと、ぼくたちが見たことをいつか語る時のために」男の声が言った。

「気乗りしないなあ」と女の声が答えた。

「あたしはたぶん、自分の子には話さない。今お腹《なか》の中にいる子が生まれてきたら、普通の子として育てたい。だから、雪国に引きこもって、根を生やすつもり。夫と一緒に写真店を構えるの。店の名前も決めたわ。カメリヤ、英語で椿《つばき》って意味よ。あなたも、いつか来てくれればいい。雪の研究をしたいなら、ここは悪くないはずじゃない」

「そうかもしれない。雪下ろしの雷の論文を書くことになれば、そうするよ。でも、ぼくたちが次の世代に伝えないとしたら、その子たちはどうなっていくのだろう。なにもかも忘れて、平凡に生きていけるのだろうか」

「そうだと思いたいわ。あたしたちみたいな体験はさせたくない。誰かに都合よく利用されたくない。あなたに会うのだって、わざわざこんな町外れまで出てきて、人に聞かれないようにしなきゃならないなんておかしいのよ」

「そうだね。ああいう時代はもう終わったと信じたい。だとしたら、語り継ぐ必要もない。もしも、ぼくたちがいなくなった後で、やはり語り継ぐ必要があったと分かったら……その時は、仕方ない。小瓶を手にすれば、少なくともあの場所にまではたどり着くだろう。ぼくたちがたどり着けなかった、楠《くすのき》の辻《つじ》の向こう側に」

「怖い顔をしないで」と女は言い、少しだけ華やいだ雰囲気で笑った。

「辛《つら》い時代だったけど、あたし、みんなと一緒で楽しい記憶もたくさんあるのよ。マリヤや先生とも一緒で」

「ぼくだって、自分がちゃんと研究の道を志せたのはあの頃のおかげだ」

遠雷が続けざまに轟《とどろ》いた。

「そろそろ行きましょう。雪と雷が本格的に来ないうちに」

「ぼくたちは帰らなければ。それぞれの場所へ。それぞれの旅へ」

積もり始めた雪の中、男はくっきりとした足跡を残して駅の方へと歩み去った。その足跡は、すぐに雪に上書きされて消えたが、女の目には、しばらく、青白く光って見えていた。

やがて、女は、下腹部に手を当て、いとしげにさすった。くるりときびすを返し、近くに見える町の灯《あか》りに向けて歩き始めた。

小瓶は、女の自宅の引き出しの奥にしまいこまれた。一階に写真館がある洋風の建物で、そのまま長い間、顧みられずにそこにあった。

空や雲や太陽を映すこともないまどろみの時間。沈んだ花びらは輝きをくすませて、それでも、誰かの声が聞こえるのを待ち続けた。

相応《ふさわ》しい者が切実な思いを語りかけた時、小瓶の中の花びらはふたたび震え、刻みつけたものを映し出すだろう。

微気候の魔術師、招かれる

「ええっと、おかしいなあ、このあたりなんですけどねぇ」と蓮見可奈《はすみかな》が言う。

紺色のサマースーツはいかにも県庁詰めの記者という雰囲気で、研究室にいた頃に比べると格段に大人びて見えるわけだが、やはり、あの頃と同じくそそっかしい性格である。

八月の夜で、ビルが立ち並ぶ街中はひたすら蒸し暑い。ぼくは、わざわざ麻のジャケットを着てきたことを後悔した。ニッポンの熱帯夜、とりわけ都市のヒートアイランドに繰り出すにはこれでも厚着にすぎる。空調の室外機が道路に向けて置かれていたりすると、もう泣きたくなるくらいだ。

「ねえ、蓮見君、もうどこでもいいから、テキトーな店に入ろうよ。本当にテキトーでいいから」

「ダメですよ、八雲《やぐも》先生、取材なんですから。ちゃんとたどり着かないと。もう、すぐそこのはずなんですよ」

蓮見可奈は手に握った携帯端末をひらひらと振った。地図では、もう近くまで来ているらしい。

「地図情報がおかしいってことないか。ほら、最近、ナビに頼ったら、全然違うところに連れて行かれたって話、よくあるじゃない……」

ほんと、新聞記者ならしっかり調べてこいよな、と思いつつ、ぼくは視線を泳がせた。

繁華街から一本外れた、いわゆる裏通りで、蓮見可奈が言うような「最先端のスポット」が本当にあるのか疑わしい。

もう帰ろうかときびすを返したところ、古びたビルが目に入った。表に出ている郵便受けにはテナントのラベルがほとんどなく、廃ビルではないかと思ったくらいだ。地下に降りる階段の壁にある小さな木製のプレートだけが、なぜか際だって見えた。

CCC――Cloud Cluster Club　雲の群れの倶楽部《クラブ》？　プレートの端にはロゴの一部なのかたんぽぽの綿毛のような雲のようなものが彫り込んであった。

ぼくは、吸い寄せられるように階段に足をかけた。

薄暗くて危なっかしい。でも、階下にはかすかな照明がある。

「先生、待ってくださいよ。あ、見つけたんですか。こんなところに！　これじゃ、分からないはずですよね！　電話にも出ないし、ひどいですよ」

蓮見可奈がリサーチ不足を棚に上げて、あわただしく追いかけてきた。それでも、ぼくの方が一歩早く階下にたどり着いた。

古びた外観とは異なり、ドアは高級材を使った立派なものだった。木目が実に味わい深く……と目を奪われていると、蓮見可奈がノブに手をかけて押し開いた。

ひんやりしていて、同時に湿った空気が頬を撫《な》でた。

薄暗いフロアにはカウンターの他には大きな調度品もない。酒類を供する飲食店らしいが、千客万来にはほど遠く、むしろ、がらがらだった。背景に流れるクラシック系の音楽は、音が絞られて印象が薄かった。

こういったことは、この場の説明としては、むしろどうでもいいことだ。

問題はカウンターの向こうに見えるもの。

まず、飲み物を準備するのには不必要なくらい広い空間がある。そして、床と天井の間に、白くてもこもこしたものが浮かんでいた。

それは、ゆっくりと動いており、たっぷり毛をたくわえた羊のようであるかと思えば、たんぽぽの綿毛のようにもなり……つまり、ひとことで言ってしまえば、形の定まらない雲だ。

室内に雲、というのは変な表現だが、それが一番しっくりときた。

「うわー、本当だったんだ。すごいですね、先生！」

蓮見可奈が無邪気にぼくのジャケットの裾を引っ張った。

「クラウド・クラスター・クラブ、雲の倶楽部へようこそ」

カウンターに何人かいる先客の一人が、ぼくたちに声を掛けた。白いシャツの青年だった。一方、カウンターの向こうにはすらりとした黒髪の女性がおり、静かで控えめな微笑《ほほえ》みを浮かべた。

＊

本当のところ、その夜、ぼくは静かに、ひとり自宅で過ごしているはずだった。蓮見可奈が、ぼくを引きずり出しさえしなければ。

ぼくの住居兼事務所は、古民家を改造したものだ。中心街から三十分くらい車を走らせた農村にある。最寄りのバス停まで徒歩二十分。ぼくは好んで住んでいるからいいのだが、訪ねてくれる人には一苦労だ。だから、めったに来客はない。

この春、勤めていた大学の建築学科を辞めた。省エネかつ快適な住宅の開発を柱にしている研究室で、ぼくは特に微気候をうまく制御することで屋内環境を整えるのをテーマにしていた。微気候というのは、広さにしてひとつの家屋からせいぜい住宅地の区画程度、高さとしては地表数メートルくらいまで。そのくらいの規模で、日照、気温、地面の温度、湿度、風速、風向などの分布や変化をぜんぶひっくるめたものだと思ってもらえればいい。微気候を知って工夫すると、家屋は画期的に住みやすくできる。

いつしか実践の場を求めるようになっていたぼくは、自宅用に古い民家を購入した。手を入れながら住み始めると、あまりに心地よく、市街地を挟んで正反対にある大学への通勤がめんどうになった。じゃあ、このまま個人事務所を開いてしまえ、というのが、退職までの流れである。

いい加減？　まあ、否定しない。もともと大学に残ること自体には興味がなかったし、研究が面白かったからそこにいただけだ。

もっとも、問題もある。一時的なものだと思いたいのだが、ここでの暮らしが静かすぎることだった。物理的な意味で静かな分には問題ない。ぼくは喧噪《けんそう》が苦手だ。しかし、仕事がないのは困る。ウェブサイトに掲載している事務所用の電話にも、メールアドレスにもさっぱり依頼がなかった。

そんなところに訪れたのが、かつての教え子というか、今はぼくなんかよりずっと高給取りで立場が完全に逆転している、ブロック紙勤務の蓮見可奈だった。今季、最高気温を記録した真夏日で、そのまま熱帯夜を迎えそうな午後。めったに車も通らない私道に、荒々しい運転で停車する音が聞こえ、ほんの数十秒後には、紺色のサマースーツを着て、ふわりとした肩までの髪の見知った顔が現れた。

「先生、大学辞めてこんなとこに引っ越したんですか。准教授のポストを捨ててまで、どうかしてますよ。ああ、でも涼しい。古い日本家屋なのに、最新の空調が入ってるみたいに感じます」

「古い民家は、風や日差しの向きをちゃんと考えて建ててある場合が多いし、木立もある。新しく建てるより効率的なことがあるんだよ」とぼくは言った。

「さすがは微気候の魔術師ですね。実際、八雲先生の勘のよさはどこから来るのかって、教授なんか不思議がってましたからね」

「でもさ、ぼくがやっているようなマニアックな話、なかなか理解されないみたいで、まだ商売になってないんだ。新しい住宅地区をまるごと任せるとかしてもらえれば、成果を出せると思うけど」

一応宣伝しつつ、ぼくはとりあえず冷えた麦茶を振る舞った。水出しのパックだが、ここは水自体がいいので結構うまい。

「先生、この麦茶！　おいしい！」と日焼けした喉がぐびぐびと麦茶を飲み干すのは、実に健康的で、自分よりも一回り以上若い、二十代女性の清冽《せいれつ》な生命力を感じるのだった。

「で、蓮見君とこのインタビュー欄で、取り上げてくれるとか、そういう話？」

ぼくは、さもしい根性を発揮して、しれっと聞いた。

訪ねると突然のメールはもらったものの、理由は聞いていない。

「えーっとですね、わたし、このたび、街の新スポットという欄を担当することになりまして。ひとつ気になっている場所があるんですが、そこ、資格がないと入れないんです。一見《いちげん》さんお断りというか、よく分からない理由であちら側が選ぶみたいなんです。でも、先生なら大丈夫な気がするので、わたしと一緒に来てもらおうと思いまして」

「それ、わざわざ、ここに来てする話？」

「だって、先生、電話しても取り合ってくれないでしょう。それこそ、腕を引っ張っていくらいじゃないと」

ぼくはため息をついた。大学にいた時も、強引にして我田引水、教員を自分のペースに巻き込むのが得意な希有《けう》な学生であった。そういう資質が今や、記者として大いに役立っていることは想像に難くない。

結局、食費や飲み代を経費で落とすとかなんとか、非常に情けない条件に釣られ、ぼくは繁華街から道をひとつ逸《そ》れた通りにあるクラブに出かけることになった。予備知識はなし、だ。

だから、いざ扉を開けた時、ぼくは思わず息を止めた。息苦しくなって、あ、呼吸しないとまずい！　と自覚するまで、三十秒くらい過ぎたんじゃないだろうか。

それだけの衝撃を受けた。

室内には、映像ではなく、まさに実物のように見える雲が、くっきりと浮かんでいたのだから。

＊

「雲の倶楽部へようこそ」

半円を描くカウンターがあり、客である白シャツの青年が朗らかに言った。

はにかんだバーテンダーの女性が、カウンターの向こう側からこっくりとうなずいた。たっぷりとした黒髪で、年齢不詳。角度や、表情によって、童顔のようにも大人びても見えた。

しかし、そんなことよりも大問題なのは、彼女の背後にある空間だ。バスケットボールのコートなら半面が取れそうなほどの床がむき出しのままで、その上に白い綿毛のようなものがくっきり形を保ちつつ浮かんでいた。

「あ、あれはなんなんですか……」

ぼくは震える指でさした。

「雲です」と若者が愛想よく答えた。

「でも、いくらなんでも、室内に……」

「先生！」と蓮見可奈が耳打ちした。

「ここ、室内に雲を作るアートで有名なんですよ。そんな質問は失礼です。微気候の魔術師と呼ばれる先生だからこそ、一緒に来てもらったのに！」

そして、バーテンダーの女性に、蓮見可奈は向き直った。

「実は海外のサイトで知ったんです。現代美術の賞を取ったクラウド・アーティスト、雲の芸術家がこの街で会員制のバーを開いてるって。最初は信じられなかったけど、見つけられてよかった！」

バーテンダーの女性は、口元に静かな笑みを浮かべた。ぼくは息を呑んで言葉を待った。

「みなさん最初は驚きますよね、かすみさん？」

声を出したのは、例の若者だ。よほど馴染《なじ》みの客なのだろう。バーテンダーの女性がこっくりうなずいたので、かすみさん、というのはこの人のことのようだ。

「CJによれば、基本的に加湿器とヒートポンプがあれば、雲は室内に作れるそうですよ。あ、ヒートポンプというのはエアコンのことです。あとは、太陽の代わりになる投光器で空気を暖めたり、極端な温度差を作りたい時には液体窒素を使うこともあります」

「シージェイ?」とぼくは聞き返した。

「クラウド・ジョッキー、いわば雲の芸術家のことです。サイトをご覧になったのではないのですか?　室内気候を調整するのはアートの域ですからね。CJ以外にはできないと思いますよ」

そりゃあそうだろう!　ぼくは大きくうなずいた。

だって、こんなの想像したこともなかった。屋内にこんなあからさまな形で気象現象を作り出すというのは、なにか発想の水準が違う。アートというのは、技術のことでもあり、芸術のことでもある。これを見てしまうと、ぼくが手塩にかけた家は芸術の域には達していないとはっきりと思う。魔術師なんてとんでもない。しかし、これだけ込み入った芸術を、ぼくが駆使できたらどうだろう。もっと快適な居住空間ができるのではないか。なにかドキドキする。その技術の秘密が知りたい!

「わたし、ぜひ、CJ、雲の芸術家さんにインタビューしたいんです」

蓮見可奈が若者に詰め寄った。ぼくの気持ちを代弁するみたいだった。

「まあまあ。ＣＪは、めったに人に話しません。ここで落ち着いて雲を鑑賞し、客たちは選ばれるのを待つんです」

若者がメニューを差しだし、開いてくれた。

差しだされたリストにあるのは、ぼくには馴染みのない名前のカクテルばかりだった。

「ええっと、先生は、ナノ・クライミットってのがいいですね。わたしは、クラウド・クラスターを」

蓮見可奈は勝手に決めてくれるから気が楽である。

しかし、ナノ・クライミットというのはなんだ？　超微気候、つまり、屋内での気象現象ってことだろうか。それと、クラウド・クラスター、雲の集団というのも気になる。

出てきたものは、ジンベースの透明なカクテルを温めて氷の上にぶっかけた代物だった。熱いところと冷たいところが混在して渦巻いていた。たしかに、グラスの中の超微気候だ。一方、「雲の集団」は、やはり透明なベースの中で、白い液体が味噌汁《みそしる》の対流構造のようにぼこりぼこりと塊を作っていた。

「八雲助壱《たすいち》さん、ですね」

若者に名前を呼ばれて顔を上げた。

「ウェブサイトを見たことがありますよ。八雲さんのようなお仕事は、ＣＪも興味があるみたいです」

「は、はい。本当は、スケイチですけど、タスイチって呼ばれることが多いので……どっちでもいいです」

「先生っ、有名じゃないですか。なんかすごいです。はじめて尊敬しました」

ということは、今まで尊敬していなかったのかと、蓮見可奈に突っ込みたくなったが、もともと尊敬されている気はしていなかったことに気づいた。それよりも問題はCJの方だ。

「CJ、雲の芸術家さんがぼくのサイトを見てくださったというのは、微気候デザイン住宅に関心があるということですか」

「ぼくなんかには基準はよく分からないですよ。でも、ここにいるほぼ全員が、仕事や生活の中で、気象や気候にかかわっている人たちのはずです。CJから話題提供があって、しばらくするとその人もふらりと現れる。そういうことが何度かありました」

若者はぐるりと周囲を示した。カウンター席の他にもテーブル席があって、よくよく見ると結構な人の数なのだ。

「そうですよ」と大きな声を出したのは蓮見可奈だ。「八雲先生は、民家のまわりの特性を把握して心地よい住まいを作る第一人者なんです。大学では微気候の魔術師と呼ばれてましたから。わたしは、二十一世紀を代表する居住環境デザイナーだと信じています」

おいおい、そんなに持ち上げても、なんにも出ないぞ、と思いつつ、ぼくはまんざらでもなかった。

「微気候の魔術師、ですか。八雲先生はすぐにここを見つけられました？　ぼくなんて何度も通ってやっと入り口に気づいたくらいで。あ、ぼくの自己紹介しておきますね」

若者は名刺を差し出した。国際的な環境ＮＰＯの日本支部の名称が書いてあった。気候変動を憂慮して「未来の子どもたちへ！」をキャッチフレーズに活動しているという。ぼくが家のまわりの小さなことしか見ていないのに対して、世界レベル、何十年何百年レベルの計を考えているのだった。

「たしかにここ、はじめてでは分かりにくいですよね。階段の所にあるプレートに気づいたからいいものの、そのまま帰りそうになりました」

「ということは、やはり一度でここに来られたんですね」

若者が少し大きな声を出した。周囲の人たちがこちらを見た。ぼくたちを品定めするみたいにじろじろ見る視線である。席から立って近づいてくる人たちもいた。

「わたし、気象予報士の勉強をしてるんです」と若い女性が言った。

「スポーツ少年団の大会を主催することが多いので、いつも天気を気にしてまして、気づいたらここに誘われてました」と初老の男性。この人物には親近感を抱いた。日常の気象をいつも気にしているという意味では、ぼくと一緒だ。

もう一人、髪の白い男性がいて、その人は、山奥の神社の宮司さんだと言った。

「滝壺《たきつぼ》の奥に龍穴がある山に神社があります。雲龍を氏神とする村なんですが、今年完全に川が干上がりまして。こちらに来ればどうにかなるかと。八雲様になにかご助言いただけませんでしょうか」

「え、いや、そんなのぼくには無理ですから」とあわてて断ったのだが……なんだか様々な人たちがいるようである。

「蓮見君、これどうなっちゃってるの？　変に注目されちゃってるんだけど……」

ぼくは小声で聞いた。

「さあ、どうでしょう。でも、先生、いつもそうじゃないですか。はじめてのところでもするりと入り込んで、好意的に迎えてもらえる。人に警戒心を与えない雰囲気とかあると思いますけど、それだけじゃないですよね。きょうは、取材ですから、いい雰囲気を作ってもらって、話を聞き出すのに協力してもらいますよ。先生に来てもらった理由の半分、それですから」

なるほど、ぼくはたしかに、人見知りしない。より正確には、人見知りされない。きっと人畜無害だからだ。蓮見可奈は、そのあたりも織り込み済みでぼくに声を掛けたのだった。抜け目のない教え子である。

最後に近づいてきたのは、上下びしっとしたスーツを着た細身の男だった。ちょっと神経質そうで、口元が引きつっていた。名刺によると、なにか難しい横文字の会社の役員だ。

「あまり場を乱されるのも困る。お手柔らかにお願いしたいものだ。ここでなにを得るか、みんなが平等のはずだからね」

「デリヴァティヴってなんですか？　配達関係の業種ですか」とぼくは名刺に書いてある用語を拾い上げて聞いた。デリヴァーという英語は、配達という意味のはずだ。

男は眉をひくつかせた。

「不確かな未来のリスクを予測して、そのリスクを引き受ける。それこそ雲を摑《つか》むような話を評価し、数値化し、値付けして、トータルでは利益を出す。そういうのを金融派生商品《デリヴァティヴ》というんだ」

「それ保険みたいなもんですよね」と蓮見可奈。

どうやら、ぼくの理解はまったく違っていたらしい。

「さすが、若いお嬢さんは理解が早い。近未来の天候が分かれば損をせずにすむ。あの人もあの人も、その筋だよ。商品作物の先物取引の大物だ」

男は視線で、カウンターの端に座っている客を示した。同じようにスーツを着た男女だった。

男は咳払《せきばら》いした。そして、自分が持っているグラスを傾けた。赤っぽい液体が揺れた。

「例えば、酒もそうだ。ワインにしてもほかのアルコールにしても、天候リスクは大きい。雨が降る、降らない、だけでも出来が違ってくる。あとは、バイオ・エタノール。トウモロコシやサトウキビを原料にして、ガソリンに混ぜて燃料にするやつ。あれも結構な市場規模になっている。みんな天候リスクが怖いから、天候デリヴァティヴの契約をしたがる。そして、わたしたちはいったん引き受けたリスクを証券化して分散する。世界標準の手法だよ」

「すごいですね。グローバルな仕事だ」

ぼくも、家屋のまわりの微気候を気にする以上、この夏が暑いか寒いかとかは当然気にするし、気象庁の長期予報は更新されるたびにチェックする。まあ、規模は違うけれど。

男がぼくを、なにか哀れむように、目尻を下げた表情で見た。

「なぜ、きみが、ねぇ？　初回でここを探し当てるというのは、たいてい見込みがあると聞いているが」

は？　それどういうことですか。聞こうと思ったら、男は視線をカウンターの向こう側に送った。

「始まる。ＣＪのプレゼンテーションだ」

低く流れていた音楽が心なしか大きくなった。ゆったりしたピアノにさらにゆったりとした弦楽器のメロディが重ねられた室内楽だった。ああ、こういうのって、ぼくがデザインした古民家の居間に合うかもしれない。玄関から吹き込んで、別の窓などから吹き出していく風のうねりになんとなく似ている。

「先生っ」と蓮見可奈がジャケットの袖を引っ張った。

ぼくは、目を見開いた。

音楽の変化に応じるように、雲がうねうねと動き出したのだ。

なに、あれ。生き物みたいじゃないか。

空間の端から端まで、波打つ雲は規則正しく上下し、全体として蛇のように見える。

カッと光が走った。奥にある投光器だ。この距離からでも熱を感じる。

光が当たった雲頂がふわーっと伸びたかと思うと、すぐに千切れて消えてしまった。

それを何度も繰り返した。細長い雲の虫が、次々と空に巣立ち消えていくみたいだった。

一方、さっきまでうねっていた雲の本体は逆に落ち着いたようだった。

そう思ったのは、つかの間だ。

投光器の光が消え、今度は下側から別の光がフットライトのように輝いた。風の向きが変わった。

渦巻き。

いや、竜巻か。雲は空間の中心で回転を始めた。未確認飛行物体！　と思わせるような円盤状の部分と、渦を巻いて下に伸びる部分。

回転するに従ってどんどん大きくなって、雲自体も上に伸びた。

あ、これ、見たことある。

上端部の形は入道雲。夏の定番だ。ぼくの今の家のあたりは高い建物がないから、午後散歩すると、たいてい空のどこかにある。

そいつはどんどん大きくなって、天井に届き、そこから先、一気に横に広がった。室内に咲いた雲の花だった。

「すっげー」と思わず声をあげていた。

雲の芸術家、クラウド・ジョッキーというのは何者なんだ。すごすぎる。

やがて、天井を這《は》う雲が、垂れ下がってきて、ちょうどカウンター席に座るぼくのあたりまでやってきた。

真っ白だ。視界が真っ白。

すっげーな。地下の部屋にいるのに雲の中なのだ。ぼくは素直に興奮したし、連れてきてくれた蓮見可奈に心底感謝した。

「先生、なんか怖くないですか。これ、火事とかあったらどうなるんです？　なんにも見えないなんて、消防法アウトですよ。これだけ煙が充満して、火災報知器とか作動しないんですか？　やっぱり怖いですよ」

「いいんじゃないかなあ。これは大丈夫だよ。雲粒と水蒸気なんだから」

ぼくは、我ながら建築関係者とは思えない、いい加減な返事をした。

その瞬間に、周囲の白さが、ちょっと変化した。

濃密な白い闇が、ちょっとスカスカになったというか。おまけに、ひんやりする。

「先生！」「雪！」

ぼくと蓮見可奈は同時に叫んでいた。

室内で雪が降っているのだ。さっきまで雲の中にいたはずが、ひんやりした雪の結晶が落ちてくる。ほんの数秒しか続かなかったかもしれない。視界がすっきり晴れた後も、ひらひらと舞う雪片が、目に焼き付いていた。

「きれいだなあ。見事な結晶ですね。ぼく、祖父が雪の結晶の顕微鏡写真を撮る趣味があって、遊びに行くとこっそり見てたんですよね。懐かしいなあ」

「先生、なんで、こっそりなんですか」

蓮見可奈が突っ込みを入れた。たしかに、こっそり、というのは、自分としても不思議だ。でも、なぜか、祖父はあまり趣味のことを語りたがらなかった。

「最後だけは、冷却に液体窒素を使いましたね。きょうのCJ、ちょっと気合い入っていたかも」

例の白シャツの若者がぼそりと言い、ぼくのことをじっと見た。

カウンターの背後の空間に、また新しい雲がちんまりとオブジェのように出現するまでに五分か十分。さらに何分かで、ちょうどぼくたちが入ってきた時と同じような状態に戻った。

初老の宮司さんが、拝み、手を合わせて、また拝んだ。

「雲は水晶玉みたいなものでして、わたしが知るべきことを見せてくれます。八雲さんが来られたからでしょうかね、きょうは結構なものを教えてもらえた……では、わたしはこれで」と席を立った。

先物取引関係の客たちも、後を追った。「ありゃ、すごいな」「ええ、相場が動きそうね」とか聞こえた。まさに雲を水晶玉にして未来でも見てきたような言いぐさだった。静かに立ち去った人たちもかなりいた。皆、さっきのプレゼンテーションでなにかを得て、満足したということなのだろうか。

一気に人が減って、残ったのはぼくと蓮見可奈。そして、最初に声を掛けてくれた若者と、天候デリヴァティヴについて大いに語ったスーツの男だった。男は、つま先をコツコツと床に打ちつけて、落ち着かない様子だ。

でも、ぼくは、そんなことより、ＣＪのアート、際だった技術に思いを馳せた。興奮さめやらず、ぼくはバーテンダーのかすみさんに話しかけた。

「いやあ、びっくりした。すごいですね。こんなことできるんだ。芸術と技術って、結局、アートですからね。ぼくの連れも言ってましたが、ＣＪさんと話したいなあ」

彼女ははにかんだように下を向いた。

こほん、と咳払いをしたのは、例のスーツの男だ。

「あのね、一見さんが、それを言うかね。わたしですら話したことはないんだ。そのかわりに雲ですべてを表現する。次の回があったら、今度こそ目を見開いて、よーく観察するがいい。大切なことは雲の中にあるんだよ」

「さっきの宮司さんたち、なにか分かったって言ってましたよね。あ、じゃあ、ここに残っているのは、分からなかった人たちなわけですね」

「うるさい」と男は言って、ぼくから視線をはずした。

「じゃ、かすみさん、わたしはアイスボール・アース。ニトロで」

ニトロで、という部分をことさら強く言った。ぼくたちの近くで聞いていた例の若者が身を硬くした。危険な香りがする。つまり、ニトログリセリンのことか。油田火災を爆風で鎮めるためにニトログリセリンを遠距離輸送するドライバーが主人公の映画『恐怖の報酬』を見れば一目瞭然だ。ニトログリセリンは、輸送中のちょっとした揺れですら危険なほど猛烈な爆発物なのである。かすみさんは、シェイカーを小気味よくシャカシャカと振るからなおさら緊張してしまう。

さいわい爆発は起こらず、シェイカーから、カクテルグラスに白っぽい液体が注がれた。なんだそれだけ？　しかし、実際にはそこから先が問題だった。銀色のごつい瓶をどこからか出してきて、カクテルグラスに別の液体を注《つ》ぎ足したのだ。

グラスから白い煙が噴き出した。上にいくのではなく、カウンターをすーっと滑って低いところを這ってくる。手を触れた時、肌が粟立《あわだ》つほど冷たかった。

男は、グラスを持つと、ぐいっとあおった。

男の口と鼻から、ぶはっと白いものが噴き出した。

「くー、効いた。ＣＪのショーの後で、ニトロを決めるのは最高なんだ。きみもどう？　わたしが、おごるよ」

かすみさんと目が合った。小首を傾げ、小鳥のように不安げな様子で、なにか言わんとしていることが伝わってくる気がした。

「いえ、結構です。お気持ちだけ、ありがたく」とぼくは断った。

そして、「いったい、これなんなの」とぼくは小声で蓮見可奈に聞いた。

「ニトロ・カクテルはここの名物みたいですよ」

「だから、ニトロって？」

「液体窒素ですよ」

「えーっ、それ飲むの？　だって、マイナス二〇〇度近いんじゃなかった？」

ニトログリセリンではなく、液体窒素の方か。どっちにしても、取扱注意であることには変わりない。

「世界的にはお洒落《しゃれ》カクテルとして、結構流行《はや》っているみたいですよ。でも、時々、事故もあるみたい。一気に飲んで、胃に穴があいて、全摘とか」

「そりゃそうでしょ。危険すぎ」

「それは素人考えだよ」と言ったのは、つい今、ニトロ・カクテルを飲んだ男だった。

「少量なら、液体窒素は瞬時にして蒸発して人体表面との間に気体の膜を作る。胃に穴があくような飲み方をしているのは、素人だ」

「でも、わざわざそんなの飲む意味なんてないじゃないですか」

男はまた哀れみの視線を投げてよこした。きみは、なーんにも分かっとらん、と目が言っていた。

「さっきのCJのプレゼンはメッセージだ。わたしたちは、気候について特別、関心を抱く者だろう。気候を、気象を、体感しないでどうする。そもそもなにが気候を生み出す？　それは温度差だよ。温かい空気と冷たい空気が接触するから対流が生まれる。ニトロは人間の体を気象にする」

環境NPOの若者が肩をすくめた。

「意地にならないでくださいよ。一見さんかどうかなんて、ここじゃ関係ないんですから。八雲先生は、ひょっとすると待ち人かもしれない。ぼくたちは、謙虚にならないと」

男は若者を無視して、またカクテルを口に運んだ。鼻と口からフシューッと煙を吐いた。

別にそんなことをしなくても、人間の体は気象なんだけどなあ、と思った。特にこういう室内環境では、人間は熱環境に影響を及ぼす要因だ。

「人間一人で何ワットでしたっけ」と聞く蓮見可奈も似たことを考えていたらしい。

「平均がだいたい一〇〇ワット。ちょっと明るい電球くらい。立派な熱源。汗をかいた人から湯気が立ち上るのって見たことあるでしょう」

煙を吐いた男の頭のあたりに、靄《もや》のようなうっすらとした雲ができていた。男の体から出た水分が、液体窒素で冷やされて雲になったのだろう。たしかに、人間の体温と液体窒素の温度差がもたらしたものと言えなくはないわけだが、別に飲まなくてもよかった。

「ま、気にすることなんてないっすよ」若者が言った。ぼくに届くぎりぎりの大きさの声だ。

「ここに来る者には応分の理由があって、それをCJは分かっている。なにかヒントをくれる。逆にCJがここにいるのにも理由があって、彼女には、出会いたい人たちがいる。どういう人たちなのかは、分からないけど、来ればきっと分かる……」

若者は、鮮やかな青の液体を口に運びつつ言った。澄み渡った空の色のきれいなカクテルだった。

「もう一杯、ニトロで」

また男が言った。バーテンダーのかすみさんは静かに首を横に振った。

でも、男は退《ひ》かなかった。

「出してよ。一見さんにいいところを持っていかれるのはゴメンだね」

男はカウンターに出たままになっていた断熱容器に手を伸ばして、さっと奪い取った。

そして、自分のグラスに注いだ。

男は、また口と鼻から煙を噴き出し、今度はカウンターに突っ伏した。

「わたしなんて、所詮、ダメだね。ここに来るまでに、人に尋ね、歩き回り、結局、人の後をつけて、なんとかたどり着いたんだ。社運をかけたといったらあれだが、CJの力は、こんな芸術ではなく、実利のために使うべきだと思わないか……」

そこで言葉を止めて、男は腹を押さえた。そして、体をくの字に曲げた。

「ほらほら、飲みすぎですよ。下手すりゃ、胃穿孔《せんこう》だってあるっていうのに。体を折り曲げないで、上を向いて気道を確保」

若者は席から立ち、苦しんでいる男の背中をとんとん叩《たた》いた。

げふっ、と大きな音がして、男の口からさらに白い気体が噴き出した。

「胃壁、間違いなく荒れてますから、無茶しないで休んでいてくださいよ。痛みが退かないようだったら、すぐ救急」

男はしばらく白い気体を噴いていたが、そのうち、落ち着いたようで、出された水を静かに飲み干した。

液体窒素の白い煙が完全に消えた後、ふいに音楽がとまった。

かすみさんが、ぼくの前にトンと、新しいカクテルを置いた。

え、頼んでませんけど、と言おうとしたら、首をかすかに振って、気にするなと意思表示した。

不思議な飲み物だった。

カクテルグラスごと光っている。

「これ、なんなんですか。ちょっと眩《まぶ》しいよね」

ぼくが言うと、ＮＰＯの若者が目をしばたたいた。

「たしかにきれいですよね。花びらが、映えている」

え？　ぼくには眩しすぎて、花びらなど見えなかったのだ。

やっと目が慣れてきて、なんとか分かった。黄色というよりは、むしろ金色で、グラスの下にはたしかになにかの花びらが沈んでいた。

「いやあ、眩しくて分からなかったよ。たしかに、きれいだね」

「眩しいって……投光器はもう切れてますよ」と若者が言った。

「先生、なんか変なこと言ってません？　ボケるのはほどほどにしておいて下さいよ」

と蓮見可奈が追い打ちをかけた。

ええっ、どういうことだろう。これだけはっきりと光っているのに。

ぼくは混乱したまま、グラスを口に運んだ。ピリッと苦かった。苦みは口の中で、融けてまろやかに広がった。ぼくは夢中になって、二度、三度、口に運んだ。

「太陽の味だ」

ぼくが言うと、カウンターの向こうのかすみさんは、この日はじめてはっきりと表情を崩し、にっこり微笑んだ。

そして、静かな声で、ぼくだけにささやいた。

「ダンデライオン、たんぽぽのお酒です。春先の太陽の光を閉じ込めています」

そういえば、入り口を示すプレートにもたんぽぽの綿毛のようなものが描いてあったなあと思い出した。

そして、しげしげとグラスを見た。放たれる光は優しく温かい。

「ねえ、これって光ってるんですよね。花びらが、それともお酒が？　ああ、光がめぐっている。対流しているみたいですね。これ、どうやっているんですか」

かすみさんは、破顔した。そして、今度はささやきではなくはっきりと言った。

「そんなふうにはっきり見て、聞いてくれる人を待ってました」

「はあ……」

「どうか受け取っていただきたいものがあります」

どよめきが広がった。

あれ、さっきみんな帰ったと思ったのに、結構いるもんだ。カウンター席の背後に、たくさん人が集まっている。背中に視線が刺さるのが分かった。

かすみさんが、しなやかな細い指で、ぼくのカクテルグラスの前に、細長い小瓶を一本置いた。

「意外と古いんですよ。あたしたちの祖父母・曽祖父母の時代のもののようです。本来の持ち主に返すのが筋なんですが、でなければ、あなたみたいな人が、持っているべきだと思いました。あたしは長い間、持ちすぎました」

薄金色で透明な液体の底に、たんぽぽの花びらが沈んでいた。ぼくの目には、その花びらの金色の縁から光が放たれて、瓶の中を昇る気流、いや、この場合は水流を作っているように見えた。小さな小さな気象をそのまま見せられているような。

ああ、なるほど。CJ、雲の芸術家ってつまり……。

「これ、すごいですね。そんなに古いんですか。みんな、ほら、こんなふうに光って、熱を放って。いったいどうなってるんだろう」

ぼくが感嘆の声をあげると、NPOの若者が口を半開きにしたままで、ぼくを見た。あなたの言っている意味が分かりません。そう告げられているようだった。

「やっぱり、蓮見君は、これを見ても……」

確かめようとすると、蓮見可奈は言葉を途中でさえぎった。ぼくの言いかけたことを気にもしていないし、カウンターの上で輝く細長い瓶詰めのお酒も目に入っていないようだ。

「えー、わたしは、この、太陽の黄金《きん》の林檎《りんご》というカクテルをお願いします。それで、結局、CJさん、雲の芸術家さんに会うには、どうすればいいんでしょう……わたしインタビューを申し込みたくて」

だから、きみは分かっていないのか。CJが誰かって。今、ぼくに話しかけたその人じゃないか。そもそも、きみには、これが見えないのか。すごく不思議だよ。小さなお日様がカウンターの上にあるみたいなのに……と説明しようとしたが、意識が朦朧《もうろう》とした。

お酒は、ぼくが感じたよりもずっと強かったようだ。

朦朧とするのは雲。雲に包まれて夢を見る。そして、夢の中では、雲の中にさーっと太陽の光が差し込んできた。

＊

目を覚ましたのは、自宅である。

採光窓からの日差しが目に入った。夏の間は広葉樹に遮られ、冬は直射日光を採り入れる仕組みなのだが、風が吹いた拍子に木漏れ日が落ちてくることがある。

ちょうどそのような位置にぼくは横たわっており、つまり、いつもよりかなり遅い時間まで、だらしなく眠りこけていたということでもある。

昨晩のシャツを着たままだ。おそらくは蓮見可奈がタクシーに乗せてくれて自宅までたどり着いたのだろう。「先生、相変わらず、世話がやけますね。いい加減、身の回りのことを気にしてくれるお相手なんていないんですか」とか、毒づかれたことは覚えているからほぼ間違いない。しかし、こうやって一夜明けてみると、一連の出来事自体、幻のように感じられた。

ぼくはとりあえず起き上がると、近くの壁に手をついた。

ふだん飲まない酒が今も残っているのか、頭がじんじんと痛んだ。それでも、掌に感じる塗壁の質感は心地よかった。内側に入れた断熱材が、外の熱をしっかり遮ってくれるし、湿度の調整もしてくれる。額をつけてみたら、ひんやりして、すーっと頭の奥の痛みが引いた。

ぼくはコップ一杯の水を飲み、日課の通り表に向かった。

玄関の土間は、もともとあったものの面積を広げ、表面に通気性と耐久性がある新素材を張ってある。近づくだけでひんやりする。一方、冬は蓄熱してくれるすぐれものだ。

扉は閉めた状態だが、小窓がいくつかあって、風を呼び込んでいた。屋敷林を通って温度が下がった風はやはり心地よい。冬はもちろん小窓を閉める。

居間から玄関までのほんの数メートルに凝らしたささやかな工夫で、この家の微気候は人にとってやさしいものになっている。昨晩ＣＪに見せられた雲の芸術から見たら、ささやかなものだが、ぼくはここが好きだし、風がめぐる微気候が好きだ。

つっかけを履いて、屋敷林の端まで歩いた。外はかなり蒸し暑く、空にはすでに入道雲があった。高く育った雲は、手を伸ばしてみても届かない。昨晩の雲は、まさに雲を摑むような話。

胸ポケットに膨らみを感じて、ぼくは中のものをそっと取り出した。

丸い金属の蓋と細い小瓶を見た瞬間、まず心臓がぴょんと跳ねた。

中に詰められている液体は、春先の太陽の光を閉じ込めたというたんぽぽのお酒だ。さすがに夏の日差しの中では、昨晩のようなほのかな輝きは見ることはできない。それでも、封じられたたんぽぽは、不思議なほど鮮やかな色だ。

ぼくは、それを空にかざして、すかし見た。

すると、なにか様相が違う。

なんだこれは。空が歪《ゆが》んでいる。夏の路面から立ち上る陽炎《かげろう》のようなゆらぎを、視界全体に感じる。

入道雲に向けて風がチカチカと光りながら流れ込む。昨晩、たんぽぽのお酒のグラスの中で、光が対流して見えたのに似ている。

目を奪われて、しばらく空を見上げるうちに、さーっと風が吹いた。

普段の夏風とは逆。ぼくの家の方から吐き出されるように空気の塊が流れてきて、吹き上げた。

ほんの一時、目を閉じると、空は元通りに戻っていた。

いったい、これはなんだったのか。頭がぼーっとしてしまった。

すでに汗をじっとりとかいており、握りしめた小瓶が熱かった。ぼくは屋敷林を通り抜け快適な屋内に戻った。そして、デスクの引き出しの中に、小瓶をそっとしまい込んだ。

窓から空をもう一度、見上げてみたが、ごく普通の夏空が広がっているだけだった。

冷えた麦茶を飲み、汗が引いた頃、電話が鳴った。ウェブサイトにも掲載している仕事用の電話番号だ。

「えーっと、古い家を改造してくれるってのは、あんたんとこかい。ぜひお願いしたいんだが」

ぼくは受話器を耳に押しつけたまま、何秒間か硬直して返事ができなかった。

おいおい、まじ？　新規のお客さんなのである。

さらに電話が鳴る。

「新築を考えてまして、いっそ、敷地全体を使った微気候デザインをお願いしたいんです」

この人は、ぼくの仕事についてかなり調べてくれていたらしく、なにをどう実現したいのかはっきりした要望があった。「スケジュールは、再来年までなら待てますので」とか言ってくださるありがたさ。しかし、ぼくの予定はまるまる空きっぱなしなのである。

さらにさらに電話が鳴る。

「はじめまして、○○ハウスの者です。○○市の旧総合病院の跡地を宅地にすることになりまして、微気候デザインのご助言をいただけないかと……」

業界大手の名に耳を疑ったが、どうやら騙《かた》りの類ではなさそうだ。

その後、新聞などメディアからの問い合わせも続き、いったいなにが起きたのかとパニック状態になるくらいだった。

「どちらで、当事務所のことをお聞きになりましたか」と聞いても、「ウェブで見つけた」「口コミで聞いた」「ただなんとなく」といった具合であり、一貫しない。

ふんわりした笑顔が目に浮かんだ。仕事でいっぱいいっぱいの頭の中に、ふいに侵入してきた。

カウンターの向こうで静かに微笑んでいた彼女は、いったい何者だったのだろう。語らぬことがたくさんあったのではないか。昨晩は、なにがなんだか分からないまま酔いつぶれてしまったが、今度はしっかり心の準備を整えて、一人で訪ねてみようか。

もっとも、新規の案件がこうも増えると、すぐにというわけにはいかない。

翌週の午後、個人用の携帯電話が鳴った。

「先生、ひどいんですよっ！」蓮見可奈は最初から怒っていた。「雲の芸術家と会わせてもらえるってアポが取れたんです。それで、今、店のあたりなんですけど、ないんですよ。店が。影も形もないんです。引っ越しちゃったみたいです」

「ええっ!?」

彼女がわざわざ嘘《うそ》を言う理由もなかったが、ぼくは思わずそう応えていた。

これじゃ、本当に雲を摑むような話だ。自分で確かめたいと思ったものの、ぼくはやはり多忙だった。夏が終わり秋になっても事情は変わらなかった。いつのまにかぼくは、雲の倶楽部のことを忘れかけていた。

――あんた、部屋の中に雲を作れるんだって？

――うちのリヴィング用のオブジェに雲を作りたいんだが。

変な問い合わせが入り始めたのは冬になってからだ。

「そんなの、無理ですよ」と応えつつ、ぼくは強烈にあの夜のことを思い出さざるをえなかった。

なにをどう誤解したら、そういう話になるのだろう。そういう発想自体、普通は出てこないだろうに……。

ぼくは、研究協力の打ち合わせで久々に大学を訪ねた帰り道、渋滞を嫌って大回りするのではなく、まっすぐ市街地に向かった。駐車場に車を停《と》めて、記憶にある裏通りに入った。

結論から言うと、ぼくはあの地下空間を見つけることができなかった。それどころかビルもなかった。

敷地には重機が入っており、ビルはあらかた解体された後だった。夜目にも廃ビルではないかというほど古びていたから、意外ではなかったけれど、ぼくは肩すかしをくらって、もやもやとした気分だった。

もやもやは、雲。ちょうど相応しいどんよりした雲底が、ぼくが張り付いている地べたから見えた。

自宅に戻り、ぼくは作業机の引き出しをあけた。真夏日で熱帯夜だったあの時に手渡されたままの状態で、細長い瓶はそこにあった。

冬の夜、冷たい空気に触れて、瓶の中の花びらが、淡い光を発した。雲の倶楽部で見た時よりはずっと地味だったけれど、それでも、太陽を感じさせる温かな光だった。

グラスに少しだけ注ぎ、黄金色の液体を口に含んだ。

ぴりっとした味が舌先を麻痺《まひ》させた。その一方で、全身に暖かなものが広がった。苦々しくも、甘く懐かしい。複雑な感情にとらわれ、ぼくはしばらくその狭間《はざま》を漂った。

眠り姫は、夢で見る

薄暗く生ぬるい水面には、青白色の光が映り込んでいる。

足を浸しながら歩くと、その光は波紋でかき消える。顔に当たる風はじっとり湿って鬱陶しい。

鬱陶しい？　誰がそう感じているのか。

ここはどこだろう。わたしは誰だろう。

なにがなんだか分からなくなり、泣きたい気分になる。

少し先に寂しげな笑顔を浮かべた黒髪の少女が立っている。

ああ、彼女なら知っている！

そう思ったことをきっかけに、日向早樹《ひゅうがさき》は自分を見つけ出す。わたしは、ちゃんとわたしで、あの少女を知っているのだ、と。

もうずいぶん会っていない。もう会えないかもしれない。だからあんなに切ない表情をしている。少女は後ろ姿になり、輪郭がぼやける。

途端に体に冷たいものが当たった。雨？　雪？　生ぬるかった足下の水が、急激に冷えて、氷の薄膜が張る。シャーベットのようにシャリシャリと音を立てるが、すぐにその音も止まった。足首まで完全に凍り付き、一歩も足を前に出せなくなる。

ああ、行ってしまう。彼女は走り去るのに、わたしは凍《い》てついて後を追えない。ここでおしまいなのかな、と思う。あの子が誰で、わたしが誰なのか、思い出せそうで思い出せないまま……。

ガタンガタンとなにかが軋《きし》みをたてて、かくんと頭が上下に揺れた。

その衝撃で早樹は目を覚ました。列車の座席でうたた寝をしていたようだ。

リアルな質感を伴う夢だった。夏なのに足指や足首がかじかむほど冷たいのは、決して冷房のせいではない。

早樹にとって、珍しいことではなかった。

十代、特に高校生の頃は、授業中でもよく眠り込んでいた。「眠り姫」というのが当時のニックネームだ。

睡眠発作ではないかと指摘したのは近所の内科医で、紹介されて訪ねた専門医が確定診断をした。もっとも、処方された薬がまったく効かなかったので、すぐに通院をやめてしまったのだが。

さいわい大学生になると、のべつまくなしに発作が起きることはなくなった。大学二年生の冬には、諦めていた自動車免許も取った。無事に四年で卒業し、市内にある洋酒の専門商社に就職した頃には、もうすっかり自分が「眠り姫」だったことを忘れていた。なのに、このところ、周期的に眠気の波が来る。そして、リアルな夢を見る。本来なら社会生活に不具合をきたす水準だ。非常に困る。しかし、高校の頃をふと思い出すと、これが本来の自分である気もしてきた。

小さな会社なので、人事は事実上、社長が仕切っている。世界各国での買い付け、特に新しい取引相手の開拓のために、海外を飛び回る部署があるのだが、一人が体調を崩し長期療養に入った。かわりに担当にならないかと言われたのは少し前だ。早樹は即答できなかった。最近ぶりかえしている睡眠癖が心配だったし、それ以前に、早樹は外の世界が怖かった。両親は娘がいつ眠っても問題ないように自動車で出かけられる国内旅行を好んだから、実ははじめての海外は、会社の研修旅行だった。打診された部署になると、フランス、イタリアなどの欧州はもちろん、チリ、アルゼンチンなど南米にも行くことになる。地球の裏まで遠く旅するのは、憧れと同時に、怖さも感じた。

そして、彼女のことを、うっすらと思い出した。

夢の中で早樹を見ていた黒髪の少女。自分にとって大切な人のはずなのに「遠く」へ行ってしまった。今では、記憶の中の顔つきもぼやけ、考えれば考えるほど拡散してしまう。それでいて、ふとした瞬間に、急に隣に立っているかのように近くに感じる。

はっきりと覚えているのは、彼女が眠り姫の早樹を理解しようと耳を傾けてくれたこと。

――さあ、話して。きょうは、どんな世界に行ってきたの。

優しい抑揚は、早樹の心のひだに触れた。早樹は、高校の校舎の薄暗い部室で、その声を聞くたび、ほっと息をついた。クラスでは、病気持ちとして許容されていたので、先生から叱られることはなかったけれど、授業と休み時間の半分くらいを夢うつつで過ごした早樹は、学校生活のリズムについていけなかった。休み時間に隣の席の子からノートを写させてもらうのが普通で、食事すら途中で眠気に襲われたりして困った。早樹は、そこにいるのにそこにいない、幽霊のような存在だった。

居場所がクラスにない分、放課後に訪ねる部室で会う彼女の声は、早樹にとって、ここにいていいんだという証《あかし》だったのだと思う。

大切な人のはずなのに……卒業アルバムにも写真がない。顔も思い出せない。残っているのは、自分を認めてくれた人が遠くに行ってしまった甘酸っぱくもほろ苦い記憶だ。どうしたら思い出せるか考えあぐねていたところ、高校の写真部の同期で集まろうという話が出た。ひょんなことで、いったん途切れた人間関係がネットを介して復活し、「みんなで会おう」ということになった。

昔から仕切り役で、二年生の後半からは部長を務めた篠塚真司《しのづかしんじ》が、日時と場所を決めた。

それが、今夜。街の中心から二十分ほどかかる高校の最寄り駅の居酒屋だ。二つの川が合流する川沿いの町で、以前はごくごく小さな駅前商店街しかなかった。でも、この数年、大きなマンションが立て続けに建って、飲食店も増えた。居酒屋は、やはり最近、進出してきたものだ。

そこに、同期の四人が集う。早樹以外は、全員男性であり、夢に出てくる彼女が来ないことは分かっている。でも、さすがに誰かが覚えているだろう。それをとっかかりに、高校時代の記憶をたぐり寄せられればいい。

車内のアナウンスが、三年間聞き慣れた駅名を告げた。早樹は席を立ち、扉の近くに移動した。

窓の向こうの夕空は、重たい雲がずっしり頭を押さえるように垂れ込めていた。鉛色に泡立つ雲底で、いつ降りだしてもおかしくなかった。傘を持ってこなかったのは失敗だったかもと思いつつ、早樹は列車を降りた。

駅の改札からほど近い居酒屋には、もう全員が集まっていた。みんな、頼もしげだったり、少々、腹が出ていたりそれなりの変化はある。とはいっても、ティーンエイジャーが二十代になり、ちょっとは大人っぽくなっただけのこと。一目見れば分かる。

思わず顔がほころび、その後で、早樹は目を細めた。

この三人の男子には、色がついている。

実は、それは大事なことだ。

早樹の高校時代のイメージは灰色だ。黒でも白でもなく、ほかに彩りがあるわけでもない。授業中も休み時間もうたた寝している眠り姫にしてみれば、大人がすぐ若さと結びつけるような輝きを感じられるはずもない。一方、放課後の時間を一緒に過ごした彼らは、鮮やかとは言わないけれど、はっきりと色彩がある。

「よ、早樹、変わらないな。いや、変わったか。居眠りして一時間くらい遅刻するんじゃないかと話してたんだぜ」と篠塚真司が最初に声を掛けてきた。半個室の空間からひょいと体を出し、小柄でキビキビした雰囲気と軽い毒舌は昔のままだ。役所勤務と聞いている。

「よぉー、元気そうですなあ」と間延び口調で続いたのは米山実《よねやまみのる》。社会人らしく早樹が差しだした名刺をしげしげと眺めてからこちらを見た。

「専門商社って……ワインを輸入しているなら、ぜひうちに安く卸していただきたいものですなあ。まとめてビール頼んじゃいましたが……あ、そう、ワインの仕事なのに、ビールの方が好きとは。まあ、ぼくなんかに比べたら、ずっとマシではありますが」

丸眼鏡をかけた米山実は、馬面の茫洋《ぼうよう》とした雰囲気は変わりようがない。堅太りだったが、今ははっきりと脂肪が乗った腹が出ていた。実家をついで酒屋経営だそうだ。本人は飲めず、烏龍茶《ウーロンちゃ》を注文していた。こういったことは、高校時代には知らなかった。当然とはいえ。

早樹は篠塚真司と米山実に相対する席に座ったので、隣は当麻千里《とうませんり》だった。物静かで、美少年といえば美少年だったが、なにを考えているのか摑みにくい。バスケ部やサッカー部の派手な男子のようにもてはやされることはなかったけれど、熱心なファンもいたと誰かに聞いた。

「やあ」と軽く手を挙げ、切れ長の目で早樹を見た。

当麻千里はいつも一歩引いたところから、観察している。目を合わせると見透かされる気がするので、対面しないこの並びはちょっとほっとした。

「しかし、懐かしいよなあ」と大げさに感慨にふけるのは篠塚真司だ。「おれ、高校出てから、クラスでも集まったことないぜ。結束弱かったからなぁ。うちの高校の伝統だろ、誰も言い出さないもんな」

なんだか可笑《おか》しくて全員が笑い、高校の放課後の締まりのない写真部室の雰囲気が戻ってきた。

サッカーの二部リーグで今もがんばっている元主将とか、三十も歳上《としうえ》の資産家と結婚した女子とか、イギリスの超名門大学数学科に在籍中に世界的な賞を取った元目立たない子など、共通の友人の噂《うわさ》話《ばなし》をしつつ、おっとりとした口調で米山実が投げたのは、

「でも、個人的に、一番驚いているのは、当麻ですなあ。こういうやつが今では医者だというんだから、いい加減な世の中ですわ。絶対に写真学科のある美大に行くって言うとったのに」という一言。

「へえ、そうなんだ」と早樹は声をあげた。写真部では、古いカメラを使って、一番熱心に作品を撮っていたのが当麻千里で、写真家になるという将来の展望は聞いたことがあった。大学受験で一浪したのは知っていたけれど、医者というのは、初耳だ。

「写真は今も撮ってる。機材は同じだ」当麻千里がぼそっと言った。

「あの時のレチックス、まだ使えるとは。物持ちがいいですなあ」と米山実。

そうだ、レチックス。

当麻千里が祖父から譲り受けたという恐ろしく古いカメラで、オートフォーカスどころか、自動露出もついていないシロモノだった。おまけに、ブローニーとかいう、やや大きなフィルムを使うのだ。

「まだアグファがフィルム作ってくれるからって、さすがに今はもうデジカメの時代だろ。こいつ、ちょっと変だぜ」

「現像したのをスキャンして取り込んで作品作りというのも、マニアックですなあ。駆け出しの医師によくそんな余裕があるもんですわ」

篠塚真司と米山実が楽しげに語る。

当麻千里は鞄《かばん》からタブレット端末を取り出した。

そして、海外で撮ったらしい写真のスライドショーを見せた。フィルムをスキャンしただけあって、デジカメとは違う味がある。

何枚目かの写真で、早樹は思わず、つきだしの小鉢に運びかけた箸を置いた。

「うわー、すげえな、幻想的っていうか……これ有名なとこだぜ。南米だっけ」と篠塚真司が言った。

画面いっぱいに広がる水面は、完全な鏡のように青空と雲を映している。足を水につけたまま空を仰ぐ人たちの姿も上下対称で、どちらが上なのか分からないほどだった。

早樹は胸の鼓動が速まるのを感じた。さっき列車の中でうとうとしつつ見た夢も、鏡のような水面を旅するものだった。青空の下ではなく、月明かりだったけれど。

当麻千里がこちらを見ていた。早樹の反応をつぶさに確認しているように思えたのは気のせいだろうか。早樹がそのままじっと画面に顔を向けていると、スライドショーが数枚先まで進んでから止まった。

背筋と足先がすーっと冷たくなった。

湖が凍結している！　これ、さっき夢で見た光景と同じ！

「ウユニ塩原ですなあ」のっそりと言ったのは、米山実だった。

「たしか南米の高原にあるんじゃないか。世界遺産かどうか知らないけど、天空の鏡とか言って、最近じゃツアーもあるよな。地球も狭くなったもんだぜ」と篠塚真司。

「そう。乾季と雨季の境目で、水浸しのところと、乾いたところ、両方見られた。忙しくなる前に行っておこうと思っただけで、時期なんて選んでないんだが」

当麻千里が言い、早樹はほっと息をついた。

勘違いだ。凍っているわけじゃなくて、乾いた塩原。雨季には、空を映す湖になる。星空すらくっきり映しこむことで有名だ。一方、乾季には一面の塩原。ひび割れた塩の板が連なる様は、白い蓮《はす》の葉が密集する池のようでもあり、なにか巨大な生き物のうろこのようでもある。

どこか気持ちをざわめかせるところがあるけれど、さっきの夢とは無関係だ。

「日向を思い出した」と当麻千里が言った。「よく、居眠りして夢を見たと言っていたのはこんな風景なのかなって」

早樹は、再度、持ち上げた箸を落としそうになった。せっかく一度ほっとしたのに、当麻千里ときたら！　でも、考えてみたら、きょうここに来た理由はまさにそのことなのだ。

息を整えて、三人を見た。

「実は……わたし、高校時代のこと、結構、思い出せないことが多いんだよね。あれからだんだん睡眠発作はなくなったんだけど、やっぱりあの頃は寝てばっかりだったし、記憶に穴が空いたみたいで。写真部の部員だって、これだけだったのかなあとか思う。ほかに女子とかいなかったっけ？」

ジョッキや箸を手にしていた三人の動きが止まった。

「まじで？」と言ったのは篠塚真司だ。

「それは、びっくりですなあ」と米山実が言い、当麻千里は無言でタブレット端末を鞄の中にしまった。

「ほかの女子部員って……長い黒髪で色白ですらりとしてて、男子生徒には人気があったぜ。写真部なのによく絵を描いてたな。手先の器用な人だった。きれいな指に惚《ほ》れてたのはおれだけか。高校生の頃から指フェチって、マニアすぎるもんな」と篠塚真司が

笑いながら言い、

「下級生女子にモテました。謎めいた美人でしたから。眠り姫とガラスの美少女、写真部の二枚看板だったような……しかし、ひょっとすると、あの夢占いも覚えていないとか？」米山実が問いかけた。

夢占い？　なにそれ。

「覚えてない。ぼんやりとしたイメージはあるんだけど」

米山実は肩をすくめた。

「本当に覚えていないのか」と言ったのは、当麻千里だ。

物静かで、場が冷え冷えとするような声の出し方でどきっとした。早樹の横顔に視線がきつく刺さる。

「だから、きょう、期待してきた。みんなに会えば思い出せるんじゃないかって。最近、またよく夢を見るようになって、知っているはずなのに思い出せない同級生が出てきて、髪が長くて色白でというのは分かるんだけど……」

「同級生？」

三人が同時に言った。

「うん、でも、卒業アルバムにはいない」

ごくりと唾を飲む音が聞こえてきたような、それに続いて、深々と息を吐き出す音がした。

視線が早樹に集中する。

「いくら日向がボケかましても、そこまでとは思わなかったぜ」と篠塚真司。

「まあ、一年くらいしか一緒じゃなかったですが……夢占い覚えてないどころではないのですなあ」と米山実。

「先輩は、三年生になる前に親の仕事の都合で、海外の寄宿学校に転校した。それだけでも、おれには衝撃的だったけどな」と当麻千里。

「先輩って……わたし、なんか変なこと言ってる？」

「いや、言ってない」と篠塚真司。「限りなく、日向らしいことを言っている。でも、普通に考えたら……変だぜ」

「どうして？」

「写真部って、おれたちの学年だけじゃなかったよな。まあ、だいたいの先輩たちは出てこなかったけど、一人だけ一年上の先輩が毎日来てくれた。だから続いてたようなものだ……」

「椿、椿かすみ――」

篠塚真司を遮ったのは、当麻千里だ。いつもひんやりした感じの彼の声が、その名前を呼ぶ時だけ熱を帯びていた。

ふわっと頭の中を風が通りすぎた。

目の前にかかっていた霧が薄れて、夢の中の少女の顔が見えた。

色白できめの細かい肌。長い黒髪は東洋的なのに、くっきりとした目鼻立ちは、古い西洋人形のようだ。ああ、この人、知っている。胸がじんわり熱くなってくる。ほんと、わたし、どうしてたんだろう。高校一年生の頃、毎日会っていたくせに、すっかり忘れてしまうなんて。今、名前を告げられて、やっと、彼女が実在したのだと確信できた。

でも、色彩がない。

目の前で語る篠塚真司や米山実や当麻千里には色がある。ぼんやり見ているだけで、その時その場に応じた感情が、様々な色彩として見える気がしていたし、今もそうだ。でも、名前すら忘れていたその女子生徒は、早樹自身と同じで、灰色だった。

それにしても、眠り姫とガラスの美少女って……。わたしたちは、その女子生徒、椿先輩と、放課後の部室でなにをしていたのだろう。

夢占い？　米山実の言葉が頭の中で、色彩のないグレイの塊として弾《はじ》けた。

「水が出てくる夢が多かっただろ」と当麻千里。

「椿先輩は、日向の夢の聞き取りノートを作ってましたなあ。夢占い日記って表紙に書いてあったっけ。時々、筆記を手伝わされたので、懐かしいですなあ」

米山実は、丸っこい体つきとは裏腹に、細かく几帳面《きちようめん》な字を書く。グループ討論をするなら、書記を頼みたくなるタイプだ。

「そのあとで、先輩が絵を描くんだよな。だいたい鉛筆でちゃっちゃっとやるデッサンみたいなやつなんだが、ほんと指先がきれいで、手際も良くて、おれ、惚れ惚れしてたな」

篠塚真司が宙を見たまま、目の焦点を遠くにずらした。

「夢占い日記は、ある意味、作品だったと思うよ。日向が夢を見て、米山が書き留めて、椿先輩が絵にする。美大行くには写真学科でも、デッサンとかやるんだが、椿先輩を見てるとよく自信をなくしていたな。まあそれで、写真学科をやめたわけじゃないんだが」

早樹は当麻千里をまじまじと見た。

プライドの高い彼が、自分で自信をなくしたなどと言う。それも、饒舌《じょうぜつ》といっていいくらいに語るのだ。

でも、すぐに別のことに意識が集中した。

夢占い日記。

早樹が高校一年生の時に見た夢を聞き取ったノートがそう呼ばれていたって……。

たしかに、水にまつわる夢が多い。昔もそうだったと思うし、きょうだって列車の中でうとうとしながらやはり水の夢を見た。

だから、当麻千里は塩湖と塩原の写真を見せた。日向を思い出した、とはっきり言った。

元々、変に勘のいいところがあるやつだけど、偶然、遠い塩湖に行き、偶然、この場に写真を持って来たのだとしたら出来すぎている。夢占い日記と呼ばれたノートには、一体、なにが書かれていたのだろうか。

思いをめぐらせるにつれて、椿先輩のイメージが、記憶の縁からゆらゆらと浮き上がってきた。

＊

椿先輩は、写真部に入るくらいだから変わり者で、少し謎めいた上級生だった。さらに上の代の先輩がモデルとしてスカウトしたところ、そのまま居着いてしまったというのが定説だったが、本当のことは分からない。当麻千里はよく、愛機レチックスで椿先輩のポートレートを撮っていたっけ。謎めいた雰囲気そのままに、占いに詳しかったというイメージもたしかにある。

「日向の夢を面白がっていろいろ解釈してたんだぜ」と篠塚真司。

「雨が降る夢って、その人の心理状態をあらわしているそうだ。激しい雨の夢は精神的に不安定。しとしと静かに降るのは、落ち着いている時とか。おれだって覚えてんだ。日向が忘れてるの、変」

「まあ、夢占いというよりも、夢を使った気分の判断ですなあ。でも、日向の夢って、天気予報みたいによく当たるんで、夢占いと言っていたんだと思うんですわ」と米山実。

「そうそう」と篠塚真司が相づちを打った。

「日向が落ち込むような夢を見た後は、本当に嫌なことが起きたもんな。帰宅間際に大雨になったり、写真部の一年生全員が追試になったり……」

ええっ、そんなことあったっけ、と早樹は自問する。

たしかに、テストの最中でも眠ってしまう自分は、追試の常連だったけれど、全員で追試を受けたこともあったかも。学園祭の展示に凝りすぎて、試験勉強を犠牲にしたのが理由だった。要領のよい篠塚真司もその時ばかりは、あまり得意ではない数学かなにかで赤点を取ったのだ。

「そうか、夢占い……」早樹はこめかみに両方の拳を押し当て、目を閉じた。

ぼんやり思い出してきた。椿先輩が質問し、米山実が銀色のシャープペンシルを持って手を動かす。椿先輩は、米山実が筆記を終えると、ノートをすぐにひきとって、さっとペンを走らせた。その後ろからのぞき込んでいるのが当麻千里で、篠塚真司は文化祭の企画書だとか、部費の申請書だとか、部活動の事務仕事をこなしていた。

喉元にこみ上げる熱い塊がある。同時に目頭も熱くなる。淡々と日々を過ごしているようで、早樹は時々不意打ちを食らうように、自分の感情に抗《あらが》えなくなる時がある。

「そのノート、手に入らないかなあ。自分のことなのにすっかり忘れているのが悔しくて……」

ティーンエイジの、本来なら輝いていたはずの日々を失ったままなんて嫌だ！　きっと意味不明なことが書いてある夢占いのノートでも、自分が語ったことなら取り戻したい。

「それは無理ですなあ」と米山実が言った。

「椿先輩の行き先は、探してみたことあるんですわ。でも、上級生も行き先知らないし、どこかのソーシャルメディアに登録してるんじゃないかと思ったけど、ぜんぶ空振り」

米山実は地元で商売をしているので、高校時代の知人も身の回りに多い。おまけにネットで調べてもダメとなると、たしかにお手上げだ。

やがて、話題は椿先輩のことを離れていった。A組の誰それがどうした、B組の担任がどうした、など。共通の知人の消息は、同窓会最強の話題で、それは椿先輩だけではない。

そのうちに早樹も、雰囲気の気安さから、今の仕事のことを語っていた。ワインの輸入は天候に左右されるので、早樹は朝一番に、世界中の中長期予報や、極端気象をウェブでチェックする。フランスのブルゴーニュで竜巻があった時は、どのあたりが被害を受けたかあの手この手で調べた。取引のある生産者が被災したと分かると、あえて買いつけ量を増やした。その年のワインの出来が悪くなる可能性が高くとも、生産者との信頼関係は深まる。業界では比較的新規参入の社としてはそれを重視する。また、その年の生産量が減っても、出来がいいこともあるから、その場合はラッキーだ。こういうギャンブルを社長は好み、早樹は結構あてにされていた。欧州や、南米など、世界のあちこちを飛び回る部署への異動も、社長なりに思うところがあるらしかった。

「あの、眠り姫がねぇ」というのが、三人の共通した感想だった。

「飛行機の中で、時差関係なく眠れる人には、向いているかもしれないな」と篠塚真司が言ったのを、早樹はそうかもしれないと思った。でも、やっぱり、海外は怖い、知らない場所は怖い、という本能的な恐怖感は拭えなかった。

誰が示し合わせたわけでもなく、騒がしいフロアが、ふと無音に近くなる瞬間がある。すると、人の声でも、空調でもない、低い音が耳に届いた。最初はなにか大きな動物のうなり声ではないかと思うほど低く、よくよく耳を澄ますと高音域まで連なっている。人々の感情が乗った色彩豊かなノイズから、ふーっと色が消えて、ただ空気が震えていた。

「雨だ」と隣の半個室のグループから声が聞こえた。

早樹の席からちょうど見える入り口の自動ドアが開き、外から何人かの人たちが駆け込んできた。みな、スーツやワイシャツをびっしょり濡《ぬ》らしていた。駅のすぐ近くなのにこれだけ濡れるというのは、どういう雨？　と首を捻《ひね》るほどだ。

「レベル3の豪雨警報が出たね。一時間に最大五〇ミリ」だって。

当麻千里がタブレット端末をまた出して、局地的な天気予報を確認していた。最近は地元密着の天気予報会社がたくさんあって、独自の物差しで豪雨や強風の予報を出している。商店街はたいていそのサービス契約をしているから、この居酒屋ももっときめ細かな情報を受け取っているだろう。

「五〇ミリか、ちょっとまずいなあ」と篠塚真司。「このあたり、土地が低いし、水はけ悪いし。ちょっと長く続くと床上に行っちゃうんだぜ。米山のとこは大丈夫だよな。まわりより高い自然堤防の斜面だから、いくらひどくても床下ですむんじゃないか」

役所で河川関係の仕事をしているだけあって、心配するところが妙に生々しい。

「江戸時代には堰《せき》が切れてずいぶん人が死んでるし、おれたちが生まれる前あたりにも台風でやられてる。防災ってすぐに記憶が薄れるから、最近、また雨の災害が増えて、みんな思い出してきたんだよな」

ほかの半個室からも、耳に入ってくる会話は雨のことだ。今年は初夏からやたら集中豪雨が多く、慣れっこになった感があった。レベル3の豪雨というのは、地元の予報会社が定義したもので、場所によっては水害になりうるレベルとされている。

——この店ってボート持ってるんだってよ。前の集中豪雨の時、しばらく水が抜けなくて、駅までの送迎をボートでやってたって。

——きょうは大丈夫じゃねぇの？　最悪、何時間か待てば排水できるだろ。

——ここ三階だし、問題なーし。

このところ、突然の豪雨は「よくあること」になってきているから、騒然としつつも、誰もあわててはいない。低い土地にある飲食店や事業所にゴムボートをレンタルするビジネスがにわかに人気だ。

「だからさ、日向って、ある意味、予言者だったわけだぜ。おれたち全員が追試になる予言だけじゃなくてさ。夢の中で、五年、十年、先を見ていたというか。よく夢の中でも雨が降ってて、さっきの当麻の写真みたいに水浸しになった世界が見えたって言ってたよな。ていうか、椿先輩の絵に描かれたようなこと、去年や今年、おれらもしょっちゅう経験してるわけで」

篠塚真司が言い、自然と会話が元のところに戻ってきた。

「たまたま持っている、というのは嘘で、きょう見せようと思っていた。椿先輩が描いた絵にそっくりなんだよな。つまり、日向があの時、言っていたことなんだよな」

篠塚真司が上着のポケットから取り出したのは、ここ数年の集中豪雨で路面や床下・床上が水没した市内の写真だった。特に今年は数が多く、そのうち数枚は、今いる駅の近くで撮られたものだった。

予言だなんて……早樹は戸惑って首を横に振った。かりに予言という言い方が当たっているのだとしても、それをしたのは椿先輩の方だろう。早樹の語りはこんなに詳しくなかったはずだ。

でも……ちょっとひっかかる。会社の社長が、早樹を異動させたがっている理由。これまで女性が配属されたことは一度もない部署なのに、社長は、日向は勘がいいから、と明言した。ブドウの出来不出来をなんとなくこんなんじゃないかと当てることがよくあるよな、と。その時、社長はやはり、予言、という言葉を使った。

「雨の夢は、降り方によって意味合いが違うって椿先輩は言っていましたなあ」と米山実が言う。「でも、別に雨の夢ばかり、というわけじゃありませんでした。ひたすら高い木に登るってのを繰り返し見てませんでしたか。いわば、ジャックと豆の木ですな──」

「それを言うなら、竜巻の夢もあったぜ」と篠塚真司。「雲の中に浮いている国に行く話。ラピュタみたいに。アニメじゃなくてガリバーの方。それにオズの魔法使いが混ざっていたんじゃないか──」

「大きな木に登る夢は、願望成就とか成功の予兆。そう言っていなかったか」と当麻千里がぼそっとつぶやいた。当時、作品を撮るのに熱中していた彼も、早樹の夢語りと椿先輩の夢占いは、背後からのぞき込んで知っているわけだ。

「竜巻は大きな変化。風自体、変化や動きを象徴するもので、中でも竜巻は、制御困難な突然の変化を意味しているって。日向は疾風怒濤《しっぷうどとう》の人生を歩むのかもしれない。世界中を飛び回る部署に行くんだろう。それに比べて、おれは──」

当麻千里はまた、らしくない饒舌な口調になりかけたのを途中で引っ込めた。

「そんなことない」と早樹は言った。

早樹は、大学に行っても、社会人になっても、大して波風立てずに生きてきた。買い付けと新規開拓の仕事だって、受けるかどうか、まだ決めていない。

急に外からの音が大きくなった。いや、それだけではなく、音の質が変わった。

これまでは激しく打ち付ける雨の通奏音。

それが、もっと強く破壊的な衝撃音になった。ダダダダ、ドドドドと、機銃掃射されているんじゃないかと思うほどだ。

席から立った篠塚真司が、木の扉で隠されているガラス窓を開け、外をうかがった。

こちらを向いて口を動かしたが、聞こえなかった。それほどの轟音《ごうおん》だった。

篠塚真司はガラス窓を閉め、さらに木の扉をしっかり閉めて、席に戻った。そして、右手の中指を差しだした。

第二関節のあたりがざっくり切れて、血が流れていた。

「おいおい、どうした」当麻千里が言い、鞄の中から応急手当のキットを取り出した。さすが医師だ。

「ひょう」と篠塚真司は、絆創膏《ばんそうこう》を貼った指をさすりながら言った。

頭の中には、ブチ模様の大型ネコ科動物が思い浮かんだ。

「だから、ひょう！」と大声で叫ぶように言われて、やっと分かった。

「雹！」

水ではなくて、氷の塊が空から落ちてくるやつ！

「半端なかった。こんなでっかかった！」

篠塚真司が拳を握って大きさを示すが、ちょっとそれは信じられない。夏だというのに、氷が降ってくること自体びっくりだ。

いきなり目の前が暗くなった。停電だった。

店員が、暖色のフィルタをかけたＬＥＤのランタンを立てに来た。テーブルすべてに行き渡るくらい準備してあるようだ。

しばらく、沈黙が続いた。というか、雹の音がひどすぎてまともな会話にならなかった。

その間、早樹はさっき当麻千里や米山実が話してくれた、昔の夢について考えた。

空に突き刺さるような木をひたすら登っていく夢は、かなり頻繁に見た気がする。竜巻もだ。

温かなLEDの光を見ながら、椿先輩の柔らかな表情を思い出す。

グレイだった彼女の表情に、色彩が灯《とも》った。灰の中に、小さな火種があるように、頬に赤みがさしている。「ガラスの美少女」が、血が通った生身の人間であると、早樹は知っている。

米山実や篠塚真司が近くにいる時よりも、むしろ、二人だけの時の方が、椿先輩は口数が多かった。例の「夢占い」にしてみても、さっき男子三人が語ったのとは違うことを、早樹には語ったかもしれない。

ふと思い出したのは、校庭の隣にある果樹園で濃いピンクの桃の花が咲いているのを部室から見ながら話したこと。

——見た夢が本当になるって感じたことはない？　正夢ってあると思うよ。

その時の早樹には、なにを言われているのかさっぱり分からなかった。

——早樹が雨が降る夢を見たらたいてい、翌日は雨だよ。竜巻の次の日、竜巻というのはさすがになかったけど。夢占いは、早樹の性格とか気分のことだけじゃない。あしたのお天気とか、時々はもっと未来のことを占っているんだと思う。

返答に困ったのを覚えている。わたし、天気予報のお姉さんじゃないです、と反論したことも。

——もちろん、ただの天気予報じゃない。あなたには、そのうち竜巻に巻き込まれるくらいの大きな変化があって、成し遂げたい大きな願いをかなえる機会にめぐりあう。それがいつかは分からないけれど、それが来たら、自然と分かるものだと思うよ。

そう言う椿先輩はどこか日本人離れしたガラスの美少女ではなく、目尻を下げた人なつっこい笑顔だった。その時だけ、表情に輝くばかりの色彩が乱れ飛んだ。

早樹はどきっと胸が高鳴り、いったん目をそむけてから、考えた。

成し遂げたい大きな願いってなんだろう。わけが分からない。たとえ、自分が見る夢が、椿先輩が言うように未来にかかわることだったとしても、もうこんなふうに昼間から眠りたくない。もっと普通の子になりたい。そう訴えた気もする。

椿先輩は、じっと早樹を見て、すっと細い腕をこちらに伸ばしてきた。

じっとしてて、と言い、早樹の顔を指先でなぞった。

眉間やこめかみ、頭頂部、それから後頭部。まるでマッサージでツボを押すみたいに、ぎゅっと指先に力を込めた。最後におでこと、左の胸の上に掌を置いて押しつけた。

——眠くなった時に、やってごらん。うまくいくか分からないけど、親類に似た人がいて、その人の説明では、頭や心臓からエネルギーが逃げると眠くなるから、押さえて閉じればいいんだって。本当かなあと思ってたけど、早樹を見てると、そういうのもあるのかなあって。

早樹が思い出せる、色彩感のある椿先輩は、その時だけのようだ。

彼女が教えてくれた方法は、高校生の早樹には効かなかった。それでもすごく印象的で、指先や掌がぎゅっと押してくる感触はずっと覚えていた。幼い頃に、親に抱き締められた時のような温かさがあり、誰の手かということは忘れても、どこかに残っていた。効果がないと思いながら、自分で同じことをするのが癖になった。大学生時代、睡眠発作が減ってからも、少しでも眠気を感じたら、両手の指を頭のまわりにめぐらせて、ぎゅうっと押しつけていた。その頃になると、おまじないみたいに効くように思えてきた。あれは、椿先輩のおまじないだったんだ。

＊

いつのまにか、雹はおさまっていたけれど、停電したままだ。

「ほかには？」と早樹は聞いた。

三人は、口を半開きにして、え？　というふうな表情になった。

さっきの話題からずいぶん時間がたっていた。早樹はずっと同じことを考えていて、「椿先輩のおまじない」を鮮明に思い出した。けれど、そこから先、やっぱり彼女にまつわる記憶は灰色で、曖昧なのだ。

「ほかには、なにもなかった？　わたしの夢と椿先輩の夢占い」

「だいたいそんなもんじゃないですかなあ」と米山実が言い、当麻千里もうなずいた。

「そっか」

拍子抜けな気もするが、その程度のことだったのか。

でも、さっき列車の中で見た、生ぬるい水が一気に凍ってしまう夢はどうだろう。あれも、高校時代に見たことはなかったのだろうか。

ギッと大きな音がした。電気が通じていない自動扉が開いていた。

何組かのグループがまとめて入ってきた。全体でいえばたぶん二十人くらいはいたかもしれない。そのうちの何人かは、頭を押さえていた。指の間から黒い液体が流れていた。血だと気づくのに時間がかかった。

「当麻、出番みたいだぜ」と篠塚真司が言い、「ああ、行ってくる」と当麻千里が腰を浮かせた。

応急手当のキットには、包帯や頭を包むネットまで入っているのだ。

人が増えすぎて、空調の効かない店内はとたんに人いきれで暑苦しくなった。温度と圧迫感、両方が増した。

たまらずに窓をまた開けてみると、すでに雹はやんでいた。この季節にしてはひんやりした風が入ってきて、籠もった熱気がすーっと和らいだ。

窓の外には、真っ暗な空に星がくっきり見えた。すぐ近くにあるはずの駅は暗く沈んで、当然ながら列車の運行も止まっているようだった。

暗さに目が慣れてくると、地面の様子が少し分かった。

最初は道路が冠水しているのかと思った。しかし、水面が揺らがない。むしろ、白々として、固まっているように見える。ああそうか、雹が降ったから、地面には氷が積もっているのか。

予言、という言葉を舌の上で転がした。もしくは、天気予報、か。

当たっているかも、と思った。

今年になってまた眠り姫に戻った早樹が見る夢の中で、氷がかかわるものは多い。さっきここに来る時の列車の中でのように。

雹の夢の、夢占いはなんだろう。

店からビールではなく、冷えた水が配られる。停電しているので、新たな注文は受け付けられないが、電気が復旧するまでいてくださって結構。列車の運行状況は常時確認してお伝えしますと、フロアマネジャーらしい若い男が説明してまわった。

ちょうど当麻千里が怪我人の手当てを終えて戻ってきた。

「相当大きな雹だったんだろう。頭がざっくり切れてる人が何人かいた。頭ってどうしても、派手に血が出るから慌てるんだよな。でも、ま、大丈夫。救急病院に行かなきゃならないような人はいなかった」

当麻千里は身軽な動作で、するりと席についた。

「よ、手際が良いな。さすがだぜ」と篠塚真司が感心する。

「慣れだよ、慣れ。最近、救急で気象災害の怪我人を扱うのが多いから。先週は落雷でやられた人の心臓マッサージやった」と当麻千里。

「雹って積もるんですかなあ。配達できなくなったら困りますなあ」

酒屋の米山実がのんびり言うのを聞きながら、早樹はまた眠気の波が押し寄せてくるのを感じた。十代の頃のように突然、スイッチが切れることはない。だから、誰も気づいていない。心臓に手を当て、おでこをもう一方の手で押してみたが、もう遅い。ああ、眠り姫が戻ってきた……。

高校生の早樹が、一番深い所で見ていた夢。ノートに記録されたはずなのに、ノートごと椿先輩が持っていってしまった夢。

それらが、一気に昔のままの形でやってきた。昔の仲間と久々に会った気安さもあって、するりと現実から滑り落ち、まさにあの頃に戻ってしまったのだ。

天に届く巨大な木は、実は透明だ。それを登る早樹自身も透明になって、登っているというよりは吸い上げられる。水で出来た樹木の幹に沿って泳ぐかのよう。大地にへばりつくたくさんの人たちが見える。ほとんど世界の全員なんじゃないかと思うほど、おびただしい数の人々だ。

空に向けて、手を合わせる人たちがいる。逆に地面にひれ伏す人たちもいる。大きな太鼓を叩きながら踊る人たちもいた。さらに、上空からもはっきり分かる巨大なかがり火を焚《た》いたり、なにかよく分からない煙を立ち上らせたり、世界中でありとあらゆる人たちが、空に雲に太陽になにかを訴えかけようとしている。

竜巻がやってくる。ゴロゴロと雷鳴も同時に轟く。雹がドカドカと落ちてくる。吹き飛ばされた早樹は、雲に乗る。子どもの頃、誰もが一度は夢見るようなふかふかのカーペットのような雲だ。

季節が変わり雪が降る。冷え冷えとして、手足がかじかむ。つーんと胸が甘酸っぱくなる。同時に、ふたたび雷鳴が轟き、空が光った。雷が落ちたのは、洋風の建物だ。避雷針があったようで、ダメージはない。表にはガラスのショーウィンドウがある。記念写真がたくさん飾ってある、写真館だ。ふたたび雷が光り、目の前が真っ白になる。

視界が戻ってきた時には雄渾《ゆうこん》な夏空だった。むくむくと育った巨大な雲が青空に浮かんでいた。丘の上に、古い校舎が現れた。なぜ校舎と分かったかというと、学校が持つ独特の雰囲気としか言えない。木造の建物で、相当古くさい。その前にある校庭では、子どもたちが遊んでいた。せいぜい五、六人しかおらず、小さな学校なのだと分かった。

遠くの山からひときわ強く煙が立ち上ったかと思うと、みるみる成長してどす黒い雲になった。上へ上へと高く突き抜ける。早樹がこれまで見たことがないほど大きく、力強い雲だった。ドーンと響く衝撃を感じて、早樹ははっと目を開けた。

「日向、ひょっとしてまた眠ってた？」

当麻千里が言い、早樹はこっくりとうなずいた。

今見たのはなんだったのだろう。ひどく懐かしくもあったし、恐ろしくもあった。手に冷たい汗をかいていた。

「前みたいにぐっすりってかんじじゃなかったな」

「うん、半分目が覚めてる」

「それでも夢は見るのか」

「夢というか、なんというか……」

むしろ、幻、といった方がいいように思うこともある。

言いよどんでいるうちに、目の前が真っ白になった。

急に照明がともったのだ。

どこからともなく拍手がわき起こる。

「生ビール三つと……烏龍茶！」

篠塚真司が、如才なく手を挙げ、飲食のサービスが再開するのを見越して最初の注文を出した。すると、他からも次々とオーダーが入る。

急にエアコンから吹き出した涼風にほっとしながら、ふたたび乾杯をし、また元同級生たちの噂話をし、列車が動き出したのを確認してから、会はお開きとなった。

駅までの道は融けかけた雹でシャーベット状になっていた。

店でもらった膝まであるビニールのカバーを靴の上からつける。オーバーシューズと呼ばれているけれど、どちらかというと薄い長靴だ。つい最近普及したものだが、突然の豪雨で排水が追い付かない時の必需品になっている。でも、雹には効果が薄いみたいだ。ほんの何歩か歩くとどこかが切れて、冷たい水が入ってきた。

駅に向かう前の分かれ道で、篠塚真司と米山実に手を振った。二人とも列車に乗る必要がない距離に暮らしている。列車を使うのは、早樹と当麻千里だ。

くるぶしぐらいの深さのシャーベットを乱しながら、慎重に歩いた。足首が冷たかった。駅にたどり着くまでたかだか数十メートルだが、途中でふと立ち止まった。

水面に光るものを見たからだ。街灯でもなかったし、高架のホームの光でもなかった。

「月」と早樹は言った。

空はすでに晴れ上がり、満月に近い月が空高く昇っていた。街灯がともってしまえば、星は数えるほどしか見えないけれど、青白く輝く月だけは別格だ。

早樹は、少し先に見知った少女の姿はないかと目を凝らした。夢で見たのは、高校生の面影を残した彼女だ。今もしもここで再会するとしても、もっと大人の女性だろうに……。

「日向、ひょっとして……まだ、夢、見てる？」と当麻千里が言った。

「そんなことないよ」と早樹は否定した。

「椿先輩のこと、きょう久しぶりに話したけど、不思議な人だったよなあ」

早樹の足がぴくんと動き、シャーベットの上の月が歪んで融けた。

当麻千里は、まったくもって油断ならない。勘がよすぎるにも程がある。なぜ、早樹が彼女のことを考えていると分かるのか。

「塩原の写真見せただろう。あれ、実を言うと、椿先輩が描いた絵のことを覚えてたからなんだ。篠塚と一緒だよ」

いったいなにを言いたいのか……。

「すごく幻想的な、鏡みたいな水面だった。ネットであの塩原の写真を見て、そこに行くべきじゃないかと思った。結局、観光としては最高だったけど、期待していたことは起きなかった」

「期待していたって、なにを？」

「椿先輩に会えるんじゃないかって、な。医者になろうと思ったきっかけも、先輩。レチックスはいいカメラだと言ってくれたけど、おれの写真は一度もほめなかった。それどころか、限界を感じたら、もっと直接、人に役立つ仕事を考えるといいって。なんであんなことを、別れ際に言われたのか今も謎。でも、椿先輩にまた会うのは日向の役なんだろうな。おれは、たまたまあの時、二人の近くに居合わせただけだ。日向は、これから世界を飛び回るんだろう。きっとどこかで、また会えるよ」

そんなの決めてないよ、と言いかけて、口の中で噛《か》み殺した。これまで以上に饒舌な当麻千里は、まったくらしくない。いつも、自分を刺すように見ていた目は、悪意でもなんでもなく、先輩を見つめる目をたまたまのぞき込んで誤解しただけなのかもしれない。当時の早樹には、他人のことを客観的に見る余裕なんてなかった。

まだ物言いたげな当麻千里から視線をはずし、早樹は目を閉じた。彼が椿先輩の別れ際の言葉を覚えているなら、わたしだって……。

目の前に淡い淡い紅が散った。ああ、あれがそうだろうか、と早樹も思い当たる。転校したのが学年末だとしたら、窓の外に桃の花が咲いていたあの季節は、まさにそうだ。あの時、先輩は続けて言わなかっただろうか。

――わたしは、いったん外に出てみる。あなたも、いつか外の世界を見るといい。わたしたちが、ささやかな力をなんのために使うべきか知るためにも。

もしも、世界中を旅することになったら、夢で見た雲や噴火する山々よりも、もっと遠くに行くことになるのだろうか。「外」に出たことになるのだろうか。

考え込んで立ち止まっていると、両足の感覚が消えていた。ああ、氷だ。凍り付いてしまい、一歩も動けない。遠くに行くとか、「外」に出る、以前のところで、囚《とら》われてしまっている。蓮の葉のような、巨大魚のうろこのような乾季の塩原は、早樹のことを一歩も動けなくする氷の暗示だったのではないか……。

臆病で外に飛び出せない早樹でも、それは息が詰まる。囚われの身は嫌だ。しゃりしゃりというかすかな音がして、早樹はふっと息を吐いた。隣で歩く当麻千里のズボンの裾が、雹のシャーベットとこすれて音を立てている。早樹もあわてずに、ゆっくりと足を動かした。

動いた。冷たすぎて感覚がなくなっただけ。夏の夜にいきなり凍り付くはずはないのだ。

「塩湖や塩原なんかと、どれくらい違う？」と早樹はわざと落ち着いた口調で聞いた。

「え？」と当麻千里が聞き返した。

「この雹が融けた道のこと」

「ああ、全然違う。塩湖は静かで、本当に鏡みたいだった。この氷に映る月は歪んでる」

「じゃあ、やっぱり、わたしは、そこに行くのかな。地元にワイン生産者がいれば、一度行ってみてもいいかな。鏡の中になにが見えるかな……」

早樹は口の中で、小さくつぶやいた。自分自身に語るみたいに。

「え、なに？」

「いいえ、なんでもない」

当麻千里は早樹のことをまじまじと見た。彼の方を見なくとも、それが分かった。ちょっと先なのか、それともずっと先なのか……。早樹は、きっと、彼女とまた会うことになるだろう。

ひょっとして今夜なのかもしれないし、十年後、二十年後なのかもしれない。

動き始めている列車の音が高架から聞こえてきた。

早樹はもう一度、あたりを見回し、長い黒髪の色白の少女の姿を探した。

観天の者、雲を名乗る

「時遡《ときさか》」というのはウェブサイトの名前で、ぼくは顧客の一人である元船乗りから教えてもらった。素っ気ないデザインの掲示板を使って、日本史、郷土史の愛好家たちが様々なことを議論している、マイナーながら熱気あるサイトだった。

その中で、ぼくがもっぱら読んだのは、〈雲の名前〉という表題のスレッド。

「八雲さんも、雲の名前ですね」と元船乗りは言い、ここに面白い書き込みがある、と教えてくれたのである。

「名前がどうかしましたか」と、ぼくは最初あまり気にかけなかった。

しかし、元船乗りは強調した。

「八雲という名字だけではないのです。それにタスイチしたら、九雲、クラウド・ナインです。つまり、積乱雲。迷信深い船員なら、嵐を呼びそうで乗せたくないと思うでしょうね。どのような由来なのですか」

そこまできて、おやっ？　と思った。

ぼく、八雲助壱《すけいち》は、時々、タスイチというふうに読み違えられる。それはいい。慣れている。

しかし、ぼくも自分の名前の由来についてはっきりとは知らなかった。

父と母は、「一日に一度くらい人の助けになることをするようにという願いを込めたもの」と冗談めかして言っていた。だが、実際の名付け親は母方の祖父だという。あちこち引っ越す人で、幼い頃、ぼく自身、何度か北海道の家を訪ねた記憶があるが、終《つい》の棲家《すみか》は房総半島の山奥だったそうだ。十代になると、時々、段ボールに詰めた柑橘《かんきつ》類や枇杷《びわ》など、地元の果物を送ってくれた時にだけ思い出す人になっていた。そして、ほどなく亡くなってしまったから、結局、ぼくは自分の名の由来を名付け親から聞くことはなかった。

*

歴史サイトの「時遡」を教えてくれた元船乗りは、定年で関東地方から移ってきた際、ぼくを見つけてくれた人物だ。古民家の改装でそこそこ実績をあげ始めていたところ、ネットの口コミで事務所が同じ町内だと気づき、直接訪ねてきた。そして、「モデルハウス」、つまりぼく自身の住居兼事務所を見て即決した。その決断の早さに驚きつつ、ぼくはその日のうちに、彼の家の下見に出かけた。

家は丘の中腹に建っていた。ぼくが住む平地と比べると、風が強かった。同じ地域なので、大きな意味での気候は同じだが、対処すべき微気候はかなり違う。

　風とのつきあい方について、ぼくはかなり尖《とが》ったノウハウを、鋭意、詰め込んだ。結果、改装した後の建物は、住みこなしてなんぼ、というものになった。とりわけ、風の取り入れ方、防ぎ方は、本質的な問題だった。ぼくは実際に改装が終わってからも、カスタマーサポートと称して、近いのをいいことにしばしば訪ねた。季節ごと、場合ごとの対処法を、実地に一通りためしてみたかった。簡易式の風向風速温度計なども片隅に置かせてもらい、記録を取るのも怠らなかった。

　元船乗りは、昔、気象観測船に乗っていたということで、気象・気候に敏感だった。だから、ぼくは直接的に「風を意識してください」と強調した。空を見上げれば見える「雲行き」の他に、家の周囲にも天気があり、家の中にも同じく天気がある。微気候、マイクロ・クライミットというのは気取った言い方すぎるようで、「要は小さな天気」と言うと元船乗りは大いに納得した。

「例えば、今週のような安定したお天気では、昼間、この家の正面から風が吹き上げてきます。風の強さや湿り気、気温に合わせて、小窓の開閉を。入り口と出口、両方を意識してくださいね。この季節は、それが基本です。風向きが多少変わっても、玄関から入る風の道だけではなく、居間の小窓も、キッチンの小窓も使えますから」

「なるほど、ヨットみたいですね」というのが元船乗りの見立て。

「八雲さんの言い方は、帆船やヨットで風を読むのに似ていますよ。自宅で帆を扱っている気分です」

考えてみれば、船舶もヨットも、海の上にできた人工的な居住空間だ。ぼくは陸地が見えないような沖まで船で出たことがないが、まわりにさえぎるもののない極大の環境の中で、小さな「人の世界」が維持されるのはすごいことだと思う。元船乗りとの対話は刺激的であり、彼がおいしい日本茶をふるまってくれることもあって、ぼくは風通しのよい居間で長時間、話し込むこともしばしばだった。特にお茶は、すばらしかった。ぼくには分からない産地のものを、それぞれに適した茶器を使って適温で淹《い》れて、天気図があしらわれた湯飲み茶碗《ちゃわん》でいただく。これが、なんともいえずうまかった。

「八雲さんは、この前、丘越しの冷たい風が吹いた時の対処法を教えてくれましたよね。冷たくてもわざと小さな隙間を作って少しだけ風を入れて空気をかき混ぜた方が暖房効率が上がる、と。わたしは、逆風を間切って、風上に進むヨットみたいなイメージを持ちました」

「ああ、それは、素敵なイメージですね」

「なにか源流に向かって遡るというのは、独特のおもむきがあります」

「家を見事に使いこなして下さるので、本当にやりがいがあります。さすが、船に乗ってらしただけある」

「いえいえ、わたしは、船に乗っていたと言っても、船員ではなく、観測をする技官でしたから。航海士や甲板員のような、本物の船乗りではないんですよ」

「ぼくにしてみれば、船に乗ってらしたことは特別なことだし、観測をされていたならなおさらですね」

雑談をしながら長居するうちにふと気づいたのだが、居間に飾られている骨董品《こっとうひん》の中に、龍なのか蛇なのか分からない彫像があった。そいつがまさに源流に遡るかのような躍動感で泳いでいるのが印象的で、ぼくはしばしばそちらを見た。

「気象観測船では、台風の通り道に居座って、定点観測するのが一大任務でした。甲板員に、面白い人がいましてね。台風の進路を言い当てるんですよ。航海士も頼りにしていました。まあ、正直言うと、直撃なんて知りたくもないですが。ただ、台風の目の中に入るのは別です。うねりはどうしようもありませんが、風はやみます。そして、雲の壁に囲まれた中で青空も一部顔を出す。あの光景は忘れられませんね。めったに台風の目までたどり着けるわけじゃありませんから」

元船乗りは、ふと窓の外の遠くを見てから、またぼくに視線を戻した。

「海の上で、台風の目の中に入ったのは、生涯で二度だけです。定年間際に参加したプロジェクトでも、とある同僚に巻き込まれたといいますか、台風の中に突っ込んで行くことになりました。その人も、勘のいい人でしたよ」

「そういう人っているみたいですよね」

「八雲さんはちがいますか？　それで話題に出してみたのですが」

「と、いいますと？」

「空を見ると、空気の流れですとか、温度の違いが見えるとか。それがあながち、嘘ともいえないと、わたしは思っていました。自覚している人から、自覚のない人まで様々です。八雲さんは、どうですか」

「ぼくは、そんな大それたことはできないです。ただの建築士ですから」

「そうですか……よく外をご覧になるでしょう。空を見上げて、観天《かんてん》しているのではないかと思っていました」

「カンテン、ですか？」

「さきほどの甲板員も同僚も、いえ、その他に出会った観天の者たちにも、雲の名前の人が多かった。雲行きに特別鋭敏な感覚を持っている人たちでした」

雲の名前。

八雲というのは、多い名前ではないが珍名の類でもないので、気にしたこともなかった。

元船乗りはなぜか目を細めてぼくを見た。龍とも蛇ともつかない例の彫像とそっくりな目だった。

「実は最近、面白い歴史関係のウェブサイトを見つけまして。そこで、空を観《み》る、観天の一族のことが話題になっています。史料としては弱いんですが、いくつか証拠として挙げられているものもあって——」

元船乗りが教えてくれたサイトが、「時遡」だった。

*

自分の名の由来など考えたことがない。

ましてや、名前と今の仕事が関係しているなど、想像しうる範囲のはるかに外側だ。

だから、元船乗りが述べることは、今ひとつ響かなくて、しばらくぼくは忘れていた。

風がさわぎ、天気が急変しそうな日、気持ちも落ち着かず仕事が手に付かないことがある。歴史サイトのことを思い出したのは、そんな日の午後だった。ふと気になったぼくは、教えられたアドレスを叩いた。

ウェブの初期からあるような、文字ばかりの素っ気ない掲示板だ。

その中で細々と続いている議論が、まさに雲の一族のことだった。元船乗りが述べたような、天気を読む不思議な力を持った人たち。紹介されているエピソードは、二十世紀の中頃から後半のもので、父母や祖父母の世代からの伝聞という形で書かれているものが多い。

たとえば、第二次世界大戦中、満州の気象台や、昭南島、つまり、シンガポールの港湾で、目視での観測を行う専門家がいたという話。同じ時期に、各地に散らばった者からの情報を電信で本国に伝え、広域の実況天気図を描き予報に役立てようとする計画があった、とか。印象的なのは、ボルネオの密林から生還した部隊が、ある者の「観天」によって、雨風を避けて消耗を防いだという逸話。

さらに古い歴史的な考察もある。

気象を読む能力は、いずれの時代にも重宝された。いくさをするにも、土木工事にも、必須だった。出雲《いずも》神社、八坂神社など、スサノオノミコトをまつる神社の周辺は治水を行う必要があったところが多い。ヤマタノオロチを思わせる多くの支流を持つ水系。ひとたび大雨になったら、水が溢《あふ》れる土地。そういったところには、治水に秀でた技能集団がいたはず。

古来より雨はいくさを左右した。鉄砲隊の登場以降はさらに本質的な問題となった。軍師に観天者と呼ばれる者が取り立てられることがあった。

龍眼と呼ばれる能力を持った家系が、各地で重用された。これはいかなる存在か。関東地方の半島奥部にある山地に一族が流れ着いた記録。水軍との関係は？九州には火山それぞれに細々と、異眼・邪眼の家系が隠れ住んでいた記録。

かなり広範囲にわたる話で、議論は拡散していた。

元船乗りは台風観測船での経験と、こういった証言や「史実」を重ね合わせたらしい。彼の同僚には、出雲だとか、南雲《なぐも》だとか、雲の名前の人物がいた。そして、ぼくの姓はスサノオノミコトが詠んだ最古の和歌「八雲立つ　出雲八重垣……」が起源とか。なんだそれ、と思う。古代史について、ぼくは無知だ。大社《おおやしろ》についての建築的な興味なら持っているが。

比較的最近の書き込みに、「気象台に勤めていました」という表題のものがあった。

「数値予報が主力になる前の話ですから、二十世紀です。大きな台風が来る季節になると、しばしば気象台に〈外番《そとばん》〉と呼ばれる人たちが派遣されてきました。本庁に依頼され、台風やそれに伴って活発化した前線の動きを現場でいち早く察知する不思議な力を持つ人たちです。何年か気象観測船に乗っていた時には、船員の中に同じ力を持った人がいました」

うーん、とぼくは唸《うな》った。

おそらく、この書き込みは、ぼくが知っている元船乗りによるものだ。「外番」という言葉は初耳だったが。

妙にざわざわした気分になるのはなぜか。

ぼくはパソコンをスリープさせて、外に出た。

暗く重そうな雲が、垂れ込めていた。ただでさえ重たそうなのに、さらにその底面から、大きな塊がぼこりぼこりと落ちてくる。さらにさらに、その下を、千切れた暗灰色の雲が、刻々と形を変えながら、飛んでいた。頭をかすめるというのは大げさでも、高圧電線をかすめることくらいはありそうだ。

いきなり大粒の雨が落ちてきた。ぶわーっと風が吹き下ってきて、気温がすーっと下がった。

温度計や風速計や気圧計や乾湿計など、どれかひとつでもここにあれば、劇的な変化を記録しただろう。敏感な人は気圧の変化で頭痛を覚えたかもしれないし、空気がひんやり湿っぽくなるのも分かったかもしれない。

ただ、それだけだ。それ以上を見る人がいるかどうか分からないし、少なくともぼくはそうではない。

ぼくは家の中に戻ると、まず濡れた頭や服をタオルで拭いた。

そして、変化する風に合わせて、いくつかの小窓を開け閉めした。ひんやりして湿った空気なので、それまで熱が籠もっていた室内に優しい風となってくれた。

そう、ぼくは、この小さな室内の風の流れくらいなら分かる。

目で見えるわけではないが、感覚的にどのへんに温かい空気が溜《た》まっていて、どうかき混ぜればよいか、など。独立して事務所を構えてからは、様々な家屋で現場の仕事をしながらノウハウを蓄積し、感覚を研ぎ澄ましてきた。あくまで、経験が積み重なった成果だ。

ふとひっかかるものを覚えた。

本当にそれだけなのだろうか。ぼくはともかく、通常、人が見ないものを見ている人というのはいるのではないか。

何年か前、独立して間もない頃に会った人を思い出した。黒髪で透きとおるような肌の持ち主で、ぼくは、ほんの一晩、とある倶楽部で、カウンター越しに向かい合った。

今も印象がまったく薄れないのは、彼女が微気候の魔術師と呼ぶに相応しい存在だったからだ。空調などを駆使して、室内に雲を作る芸術家。彼女は人に見えないものを見ていたのではないか。あの雲の芸術に接したことがある人は、おそらく合意するだろう。ぼくも、彼女のことを頭におくと、途端に掲示板の議論のある部分に現実味を感じた。彼女がいた店は、知らない間になくなってしまった。消息は不明だ。しかし、手渡された細長い小瓶は、今も大切に保管している。

ぼくは机の奥から、透明な液体で満たされた小瓶を取り出した。底には、透けて金色に近くなった花びらが沈んでいた。液体は度数の高い酒《スピリット》だったが、じっと見つめていると花びらを中心に光を発するように思えた。これまでも小瓶を見つめるたびにそう感じ、温かく、甘酸っぱい気分になった。

春先の太陽の光を閉じ込めた。彼女はそう言っていた。ぼくが持っているのが相応しい、とも。理由は分からない。ただ、小瓶を見るたびに魅了される。

花びらから出た光は、瓶の中に小さな対流を作り出す。ゆらゆらと液体が動く。それなら、ぼくでも見ることができる。そして、ぼくは光に包まれて、金色の繭の中にいる気分になる。

しばらくぼーっとするうちに、光の繭の向こうから子どもたちの笑い声が聞こえてきた。男の子と女の子がいりまじり、あどけなく、また朗らかな声だった。

ぼくは耳を澄ましたが、集中すれば集中するほど声は遠のいた。そして、外で続いている風の音と雷鳴ばかりが響いた。

天空の妖精が、光の矢を放つ

航空機内ではいつも眠くなる。

長いフライトを苦に思わずにすむ実に便利な性質だが、このところ、やけに現実味のある浅い夢を見ては、ふと目が覚めることが続いていた。胸のざわめきを覚え、日向早樹は落ち着かなくなった。

夢には同じ女性が出てきて、早樹に呼びかけた。

早樹、久しぶりに会おう！　明るい笑顔で、そう言った。

癖のない黒髪の女性の背景にあるのは、川沿いの町並みで、さらにその向こうには高層ビルが立ち並んでいた。どこかで見たことがあるスカイラインだった。

早樹はその女性を知っていた。それどころか、ずっと再会したいと願っていた。

はい、椿先輩！　と即答し、けれど、どこに行けばいいのか分からないうちに覚醒してしまう。焦燥感ばかりがつのった。

しかし、今回のフライトでは、その夢を見なかったし、そもそもなかなか眠気がこなかった。幼い頃、遊園地に連れて行ってもらう前の夜のように、胸が高鳴っていた。ひょんなことで連絡がついて、本当に椿先輩と会えることになったのだから。

　南米での仕事を終えた後だ。帰国するには、必ず北米を通る。その経由地に選んだニューヨーク市に彼女がいると、高校時代の友人の当麻千里が知らせてくれた。市郊外にある近代美術館の分館で特別展を開いているのを見つけて、早樹に教えてくれたのである。

　早樹はさっそく連絡を取った。すぐに、返事が来た。夢の中と同じように、彼女は会おう！　と自分から言い出した。

　実は、早樹は彼女のことを長い間、忘れていた時期がある。高校時代の記憶からすっぽり抜け落ちて、名前を思い出せなかったくらいだ。

　早樹はしばしば、本当に大事なことを忘れる。眠気が強く夢うつつだった思春期はもちろん、もっと小さな時代も記憶に霞《かすみ》がかかっている。自分のことを自分が知らないというのは、落ち着かない。本来の自分に戻る。そのために会わなければと思うし、高校時代の思い出に通じる人として、やはり胸が高鳴るのだ。

　眠気が訪れない中で、早樹は何度もやりとりをしたメールに目を通した。

　そして、書かれている内容を噛みしめた。

私は、あれからあちこち旅をしました。訳知り顔のように思われていたかもしれ

ないけれど、高校生の私は、自分が何者かもよく分かっていませんでした。今も分かっているのかというと心許《こころもと》ないのですが、それでも、自分がどういう立場にいるのか、理解しつつあります。どうやら私たちは、大きな循環の中に巻き込まれつつあるようです。

似ていると言われていたのを気づいていましたか。私もそう思っていました。

結論から言うと、私たちには血縁ではないにしても、分かちがたい縁《ゆかり》があるようです。その意味で、親類と言ってもよいくらいです。私がそのことを知ったのは、何年か英国の大学で過ごし、日本に戻ったときのことでした。私、バーテンダーみたいな仕事をしばらくやっていたのよ。会員制で、口コミでしか人が集まらないところで、お客さんには変わった人が多かったのですが、その中に、私たちの一族について知っている人がいました。

椿先輩とわたしが親類？　一族ってどんな一族？　と早樹はこのメールを読んだ時、驚いた。と同時に、妙に納得する部分もあった。早樹は祖父母を知らない。父と母は、いつも、その話になると話題を逸らした。幼い頃に一度だけ「遠い親戚が住んでいた家」で暮らしたことがあり、それが唯一、血縁者につながる記憶だった。

早樹は自分が、雲行きを当てられることを自覚している？　あなたはよく予知夢

みたいな夢をみていたけれど、ああいうのが代々受け継いだものだと気づいていましたか。私の身内にもあなたのような人がいて、私にも多少は力があるようです。添付した写真は、私が認めてもらった、室内雲の展示です。海外では、まずまず評判がよいです。持って生まれた能力の変な活用法ですが、私は気に入ってます。このインスタレーションを創っていく過程で、私は自分のことを深く知ることができました。

特殊能力としては、なんともいえず微妙なものです。それでも、昔はとても重宝されました。たとえば、戦争の時には、私たちの祖父母、曽祖父母の世代が、協力を求められたといいます。それから科学的な天気予報がちゃんと当たるようになって、役割はなくなったみたいに思われていたようですが、今、意外にも専門家から注目されることがあるようです。

私たちの祖父母は、おそらく、一度、力を捨てようとしました。戦争中に「協力」を強いられ、ずいぶんな目にあったと聞いています。だから、私たちの父母の世代は、むしろ、力について伝えられずに育てられました。あるいは、出来るだけ隠すようにと強く言い含められました。それで、孫世代の私たちは、体系だった知識を持っていません。

でも、今、ちょっと事情が変わりつつあります。早樹のような、力を持てあまし気味の人がいるのなら、知らずにいるのは危険です。気が重いけれど、私たちの祖父母に起きたことも知っておくべきでしょう。

早樹、もしも、北米で一日でも過ごせる機会があったら、会いませんか。私が空港まで迎えに行きます。母国から遠く離れたところで、客観的に物事を眺めることができる機会です。

というよりも、早樹。私は、あなたに会いたい。

長い間、自分という不思議を見つめていたら、ぐるりと回って、高校時代に私はすでにあなたに会っていた。早樹が眠り姫を卒業したというのは、本当？ 私は、今のあなたに会いたいのです。


新月の夜だった。早樹はメールを読むのに疲れると、暗く沈んだ窓に頭を寄せて外を見た。ぼんやりと焦点を曖昧にして、なにも見えるはずのない空を見ていた。

北米大陸の沖にさしかかった頃だと思う。光の筋がいくつも同時に走った。早樹は、文字通り瞬《まばた》きもせずに見入った。

雲の上、はるか遠い空から、地上に降ってくる光の矢。

ああ、妖精だ。スプライト。

自分がこの光のことを知っていること自体に心がざわついた。たぶん椿先輩とこれから会うこととも関係していなくもない。少なくとも、自分自身の記憶の扉を開く、なにか、だ。

ああ、そうか、と思い至った。

幼い頃、父と一緒に見たことがあるのだ。冬に落ちる雷と、さらにその上から降る光。

ヒライシン！　避雷針！　そんな言葉に、連想が飛躍した。

自分でも苦笑しつつ、実は自然な連想だと思う。

早樹は「親戚が住んでいた家」で、屋根の上から突き出している金属のとんがりに気を取られていたことがある。なんだか胸がつんとなる小さな頃の記憶だ。それも、家族にまつわる大切なものだ。

決して忘れていたつもりはないけれど、やはり霞がかかっていた。時々、夢に見ていたのに、くっきりとは思い出せなかった。本当にわたしは、自分がかかわる大切なことに蓋をしてばかりだ。大人になって、やっと取り戻しつつあるにしても。

何度目かの光の矢の群れを雲の上に見た。高空で、両手を伸ばした妖精が手をつなぎ、王冠状に並んでいた。本当に幻想的な発光現象だった。

コトンと頭の中でなにかが動いた。やっと眠気がやってきた。

わたしは、また、なにかを思い出そうとしている。記憶の部屋の鍵をまたひとつ開けようとしている。確信しながら、渦を巻いて吸い込まれるような眠気に身をゆだねた。

＊

小学校にあがる前、ほんの数ヵ月の間、早樹は北陸の山間部で暮らしたことがある。

父が電機関係の工場を辞めたのをきっかけに、家族で移り住んだ。フケイキのせいだと大人が言ったのを、早樹は甘くておいしいケーキの一種だと思っていた記憶がある。

転居を知らされてから一週間後には、もう新しい町にいた。中心には大きな木があり、まわりに民家が集まっていた。初冬、すでに雪が積もっている中で、目につくのはお年寄りが多かった。

早樹の新しい家は、周囲よりも背の高い洋風のつくりだった。遠い親戚が営んでいた写真館で、色あせた木の看板には、「光画カメリヤ」とあった。一階には撮影スタジオや現像機があり、二階は、台所やお風呂や寝室など、一家族が住むのに充分な居住空間になっていた。

一階にはたくさん人物写真が飾ってあった。写真館で撮った地元の人たちのものだった。二階には額縁に入った風景写真が多かった。これまで早樹が住んでいた家に比べると、格段に上等だった。隅々まで、気を遣われて、誰かがていねいに暮らしていたのだと、早樹は漠然と感じていた。

この「おうち」について早樹が特によく覚えていることが、二つある。

一つ目は、通りに面した外壁のショーウィンドウに飾られた記念写真だ。写真館の人物写真でもとっておきのもので、早樹は洋装の花嫁の四つ切り写真に目を奪われた。古く色あせていたが、それでも、レースの花嫁衣装と金属の髪飾りが輝いていた。花嫁さん、きれい！　ほっぺが雪みたいに白い！　きゅっとした口元が、気が強そうで格好よくもあり、早樹は憧れた。

　そして、二つ目は、雪の積もった屋根の上から突き出した細い金属の柱だった。そのトゲトゲしたかんじが、古い写真館のおっとりした雰囲気とは違っていた。なんでこんなものがあるんだろうと不思議に思った。

　ヒライシン、と父が教えてくれた。

「ヒライシンは、ゴロゴロさんが来ても、家や人を守ってくれるお守りだ」と。

　父は子どもみたいな言葉を時々使う人で、ゴロゴロさんというのは雷のことだった。

　この地方では冬に雷が落ちる。早樹が住んだ年は、特に当たり年だったらしい。引っ越した日にも、突然、つーんと焦げたような匂いがして、空がゴロゴロと鳴り、あちこちに光が走った。

　怖いよりも、好奇心が先立った。雲の上には別の世界がある！　きっと妖精たちの国で、「ゴロゴロさん」はその仲間だ。

　早樹は、雲の上でごろりごろりと転がりながら喉を鳴らしている大きな猫を想像した。ひげの先っぽがピカッと光り、空気が割れるみたいにすごい声を出す。絵に描いてみると、口ひげがふさふさして箒《ほうき》みたいになった。

「早樹のゴロゴロさんは、箒で雪下ろしをするんだな」と父は言った。

　雪下ろしというのは、屋根に積もった雪を下ろすことだが、この地方ではもう一つ意味があった。

「ゴロゴロさんが来ると、雪になる。だから、雪下ろしの雷って言われるんだ」

雪下ろしの雷。

早樹は、雷が近づいてくると、匂いを感じた。雲の上のどのあたりにゴロゴロさんがいるかとか、ぴかりと光るひげをどこに向けているかも自然と分かった。早樹は「ゴロゴロさん、来るよ」と父に逐一、報告したものだ。

そのたびに父は「心配ないぞ」と請け合った。「うちはヒライシンがあるからな」と。世界を守る正義の味方みたいな言い方だった。父はこの頃、電気の知識を総動員して、避雷針について勉強していた。本やパンフレットが、一階の写真館のテーブルに広げてあったのを早樹は目にしていた。

しばらくたつと、父は通りに面した写真館の壁に、〈避雷針（ひらいしん）、取り付けします〉と大きく書いた紙を張り出した。

「大丈夫なの？」と母は心配そうに言った。

「新しいことを始めなきゃいかんだろう」と父は返した。

「たしかにそうだけど……」

「それも、みんなの役に立って、喜んでもらえることだ」

「そうかしら」

「そうだとも。我々が越してきたことで、村にはヒライシンが付くんだ。歓迎してくれるさ。おまけに収入にもなる」

それは大人の会話。当時、家が裕福ではないことは、薄々気づいてはいたけれど、早樹としてはそんなことよりも、父が張り切っていると家に活気があってうれしかった。工場を辞めて家でごろごろしていた時には、沈んだ雰囲気で全然楽しくなかった。

早樹は通い始めた幼稚園で、「ヒライシン」と呼ばれるようになった。お迎えの時間になると、おともだちの母さんたちがそう言っていた。ひょっとしたら、よい意味ではなかったかもしれない。それでも、幼稚園はとても楽しかった。年長さんに面倒見のよい子がいて、雪遊びをたくさん教えてくれたから、すぐに夢中になった。

例えば、新雪の上でじたばたと手足を動かして、妖精の羽ばたきの形を作ること。早樹は雲の上の妖精の国にいる気分になって、あちこちに妖精を飛ばした。

雪のお布団遊び、というのもあった。新しく雪が降った後、その下にもぐりこむと、ふわふわした新雪と、前に降った固い雪の違いがよく分かった。

一番熱中したのはカマクラ作りだ。集めた雪をくりぬいたお家の中で肩を寄せ合っている間は、とても落ち着いた気持ちになれた。

「もっと雪が降ったら、雪遠足に行くんだよ」園のともだちが教えてくれて、早樹は楽しみでならなかった。

もっとも、こういう気持ちは大人には分かってもらえないみたいだった。早樹たちがあんまり雪遊びばかりしていると、先生は機嫌が悪くなった。

雪は怖いものだと先生は言った。何年か前に、雪だまりに埋もれて、春まで見つからなかった子がいるとか。たしかにそれは怖かったから、早樹はその時は震え上がった。

母も、雪については、先生と似た意見だった。

「雪なんて、ただ白いだけでしょうに」とぶつくさ言った。「きっとすぐに慣れて、嫌になるわ。こんなのただ面倒くさいだけだし、危険よ。早樹が埋もれたら見えなくなるわ」と。

「そんなことないよ。雪にも色があるよ」

早樹は、その点だけ、反論した。雪遊びをするうちに、早樹は雪がただ白いだけではないと感じるようになっていたのだ。

「青い雪とか、花びらみたいな雪とか、宝石みたいな雪とか。雲がゴロゴロいうと、色が見えるよ」

途中から母の目つきが変わった。

早樹を見つめ、しっと口の前に手を持っていった。

静かにしなさい。黙っていなさい。

母の前では、雪のことは言ってはいけない。早樹が理解した瞬間だった。

避雷針の仕事を当て込んでいた父だが、問い合わせは一向になかった。

「うーん、みんなの役に立って、みんなを守るものなのになあ。なんで、来ないかなあ」と父は首をひねっていた。

「ここの人たちにしてみれば、冬の雷は当たり前のことなんでしょう」と母は言った。

「パートで聞いたけど、一本欅《けやき》が守ってくれるって言われているみたいよ」

「そんな馬鹿なことがあるか。あの欅は立派なもんだが、高さはせいぜい一五メートルか二〇メートルくらいだろう。避雷針として見立てても町全体を守れるはずがないぞ」

一本欅は、町の中心にある木のことだ。道路の真ん中に立っていて、車線がそこでだけ二手に分かれていた。その木のおかげで、避雷針はいらないのだという。

「町を守るならこういう木じゃなくて、避雷針なんだがなあ」

父は木の前まで早樹を連れて行って言った。かなり立派な木だったので、早樹としては母が言っていたことも分かる気がした。

父が元気をなくすと嫌だなあと思ったけれど、実はそんな心配はいらなかった。ヒライシンの問い合わせはともかく、写真館として記念写真を撮る仕事がだんだん増えてきたからだ。年明けからは、父はそれで大忙しになった。

早樹は興奮した。成人式を前に、晴れ着で写真を撮りに来たおねえさんたちに夢中になった。ふだんは、都会で大学や専門学校に通っているそうだ。赤、青、黄、緑……色とりどりの振り袖を着た姿に、目がくらくらした。父の助手になって、レフ板を持ったり、時にはシャッターすら押させてもらった。

父が成人式の記録写真を頼まれたと聞いた時には、もう舞い上がりそうだった。早樹は、一緒に連れて行ってと頼み込んだ。父は、母をちらりと見てから、あっさり「いいぞ」と言った。

成人式が開かれたのは、町の中心、一本欅のすぐ近くにある小中学校の体育館だった。父は、スーツを着て、カメラを構えて、ひたすらシャッターを押していた。

早樹は父をすぐに見失った。だって、色とりどり！　振り袖を着ている人が体を動かすたびに、色も動いて、早樹の目には、それが光の粒が舞い散るように見えた。うっとりして、ふわふわした気分になった。

やがて、体育館全体に、光が散った。振り袖の群れは、うっすら赤っぽい色に包まれていて、窓や扉に近いあたりからは青っぽい冷たい光が流れ込んだ。それらがぶつかるところは、波打ち際のように色が弾け、飛沫《しぶき》をあげた。目がチカチカした。それでも、あまりにきれいで目を閉じることができなかった。

がやがやと声がして、早樹はわれにかえった。

式典が終わり、新成人のおねえさんたちが外に出ようと扉の方へと歩いて行くところだった。

つーん、と鼻に匂いが突き刺さった。

あ、と小さく声が出た。

早樹は走った。おねえさんたちよりも、先に扉まで行って、振り向いた。

「ゴロゴロさんだよ！　お家の中にいなきゃだよ！」

おねえさんたちが、不思議そうな顔をして足を止めた。

ぱっと、体育館の中が青白く照らされた。

同時に、ドーンと大きな音がして、建物が揺れた。

うわーっ、きゃーっ、とすごい叫び声がしたのは少し遅れてからだった。

「なんだ、今の！」

「雷！」

「見て！　校舎が！」

「消防車、消防車！」

口々に言い合ううちに、早樹にもはっきり見えた。校舎の道路に近い側から、赤い舌がゆらゆらとのぞき、雲の底を舐《な》めていた。小中学校の校舎が燃えているのだった。

センキャクバンライ！　千客万来！

早樹は、父が口にした呪文のような言葉を、自分でも連発するようになった。

成人式の夜は、この冬一番の雪が降った。

校舎の火も半分は雪が消したのかもしれない。

翌朝、一本欅が雪の重みに負けて倒れた。

みんなで見に行ったところ、倒れたというよりも、真ん中から裂けていた。つーんとした匂いは木が焦げたもので、これは誰もが感じたようだ。

「誘導雷、ユウドウライだったんだな」と父は結論づけた。

「学校まで何十メートルかだろう。その間に電線もある。雷の電気が伝わって校舎を焼いた。木にも避雷針を付けときゃよかったんだ。落ちた雷を、すぐ地面に逃さなきゃ、ああなる」

手を合わせて拝んでいるお年寄りが何人もいた。ゴロゴロさんは、どうしてこんなことをするんだろう。お空でピカピカするだけだったらいいのに……。早樹ははじめてそう思った。

何日かたつと、父に役場から電話がかかってきた。父は喜び勇んで出かけて行った。帰ってくると、母と早樹に、満面の笑みで「町の役に立つとやっと認めてもらえたよ」と言った。

そして、すぐに張り紙を新しいものに取り替えた。

〈光画カメリヤの避雷針。お安く取り付けます。月賦で返済！　オーケイ〉

早樹が描いた風船猫みたいな絵も添えられていて、前よりもかわいい張り紙になった。

そして、千客万来だ。役場の紹介もあったようで、次々と人がやってきて、父の説明に聞き入った。さっそくいくつか話がまとまり、父は鼻高々だった。

「ほら、言った通りだろう。避雷針は役に立つし、いい仕事になる。人の役に立ち、自分にも良いことならどんどんやるべきなんだ」

母はなぜかうかない顔をして、

「いい仕事？　でも、赤字よ」と不満気だった。

アカジというのは、儲《もう》からないどころか、損をするということだ。

「そんなことはない。月賦が戻ってくるようになったら、楽になる。それから、避雷針は毎年、手入れが必要なんだ。錆《さ》びたり、切れたりしたら、危ない。メンテの仕事もあるんだから」

「雪の屋根の上で作業するんでしょう。慣れないことをやって、怪我したらどうするの。怖いわ」

母は眉をひそめたけれど、早樹は父について避雷針を取り付けに行くのが好きだった。屋根の上の父をただ見上げていることもあれば、命綱をつけて一緒に登らせてもらったこともあった。

「天気が変わりそうなら言ってくれよな。ゴロゴロさんが近づいてきたら、ここで仕事するのは危ないからな」

父は多すぎる注文をさばくために、微妙な空模様の時にも作業をしていたようだ。だから、早樹の目に期待した。そして、早樹もそれに応えた。

「雲の中にゴロゴロさんがいるよー」と伝えると、

「ドカンと一発か、たくさん落ちるやつか」などと父は聞いた。

「たくさんゴロゴロするやつだよ」

「早樹が空を見ていてくれれば、父さんは安心して仕事ができるなあ。早樹は役に立つ」

父は早樹の頭を撫でて、ほめてくれた。早樹は役に立つと言われたのがとてもうれしかった。

この頃までに、早樹は雪と雷と雲のことが、ずいぶん分かるようになっていた。雪を降らす雲は、のっぺりして見えても、中がモクモクしている。そして、ゴロゴロさんがやってくる雲の下には青白く光る部分ができた。一発雷になる時は一箇所に集まるし、たくさん落ちる時にはあちこちに光の種ができた。

やがて、町にはつんつんした針のような避雷針が、あちこちに見られるようになった。早樹はとても誇らしかった。だって、早樹も「ヒライシン」なのだから。すれ違う白髪のおばあさんに「ありがたいなあ」と手を合わせられ、父がほめられるのは本当にうれしかった。

二月のなかば。一番雪深い時期に、雪遠足！

見事に晴れ渡って、青空の中、雪の野原を歩いた。園のともだちの父さんたちが集まって連れ出してくれた。早樹の父さんも一緒だった。

靴の上から履いた雪靴の足あとがただひたすら続く。時々、ウサギの足あとに出会っては、歓声を上げ、雪の上にテントを張って、みんなで温かいお汁やおにぎりを食べた。

子どもたちは雪の上をごろごろ転がって妖精の羽ばたきをあちこちに作った。穴を掘って雪を泳ぐイルカになった。ふかふかの雪、固く締まった雪。同じ雪なのに全部感触が違った。

みんなではしゃいで楽しかった。でも、ふいに早樹は嫌な気分になった。匂いがしたのだ。

空は晴れ渡っているのに、ゴロゴロさんの匂いだ。

目を凝らすと、雲はないのに空がチカチカした。早樹はなんだかびっくりして、友だちが歓声をあげて遊び続ける間も空を見ていた。

「どうした」と父が肩を叩いた。

「早樹、なにか見えるのか」

早樹は父の耳元で、感じたままのことを言った。匂いと、空のチカチカを。

「みなさん！　ちょっと雲行きがあやしくなるようです。早めに帰りましょう！」

父は大声をあげた。みんな一瞬、あっけに取られた。でも父が指さした先を見上げると、納得したようだった。さっきまで、なにもなかったところに雲ができていたのだ。まだ小さかったけれど、すごくチカチカする光に包まれた勢いのある雲だった。

あれは大きくなる。そしてゴロゴロさんが来る。

テントをたたんで歩き始めた頃には、空がのっぺりとした暗い雲に覆われた。風も出てきた。

そして雪が降り始めた。

「青い雪！」と早樹は思わず声に出した。

本当に青かったのだ。しゃりしゃりと音を立てそうな細かい粒みたいな雪で、ひとつひとつがホタルみたいに青白く光った。つーんとした匂いはますます強くなった。

「父さん、たくさん落ちるよ」と早樹は指さして言った。

ちょうど町の上のあたりにある雲が光りながらうごめいていた。

「みなさん！　ここで体を低くして、待っていてください。そうだ、あの林の近くまで行って、一〇メートルから一五メートルほど離れたあたりがいい。わたしは、町に戻って防災無線で注意します。間に合えばいいんですが。くれぐれも体を低くしてください」

町に避雷針を取り付けて回った父が言うのだから説得力があったらしい。遠足のリーダーが「分かりました。ここで待ちます」と答えた。

木からは近からず遠からず。近すぎると木に落ちた雷が飛び移ってくることがある。遠すぎると、簡単に的になってしまう。早樹がそんなことを知っているのは、父と一緒に避雷針の取付工事に行ったからだ。父は、それぞれの家の持ち主に、雷の性質を説明した。木の下で雨宿りしたり、風雪を避けたりするのはダメ。家の中は安全だが、壁によりかかったりするのはやめること。電気製品からは離れること。自分の家に落ちなくても、隣の家や、庭の木、電柱から、飛び移ることもある。壁や電気の配線は雷の通り道になる。避雷針があっても警戒心を捨てないこと。などなど。

きっと父は、いつもは夕方、町に音楽を鳴らすスピーカーで、呼びかけるのだろう。

残された早樹たちは、身をかがめて歌をうたいながら待った。年少の子は、ゴロゴロさんがうなるだけで怖がったから歌って元気を出した。

「ほら、あんなにきれいだよ！」

歌が途切れると、早樹は雲の下にどんどん集まりつつある光の塊を指差した。それはこれまで見たどんな雲よりも活発に光を集めていた。まるで雲から輝く水滴が垂れ下がるようで、雲の下にいくつも青白い宝石が実ったみたいでもあった。

それから起こったことは、この冬、何度も雷を見てきた早樹にしても、特別すごいことだった。

雲の下の青い塊が、ギザギザの雷になって地上に落ちた。何度も何度もだ。

ドン！　ドン！　と空気が震える衝撃で、体のまわりの雪が震えた。

じーんとして、ぼーっとして、動けなくなった。

恐怖というよりも、ただただ圧倒されて、ほかのものが見えなくなったし、感じられなくなった。世界に、ゴロゴロさんと早樹だけしかいないかのように。

しばらくして、雷がおさまっているのに気づいた。

歌っていた子どもたちの声も消えていた。まわりを見渡したら、誰の姿も見えなかった。

早樹は、あわてて立ち上がった。

雷はやんだけれど、細かな雪は降り続いていた。

足を動かすと、シャリシャリと雪がこすれる音がした。

そして、息を呑んだ。

降ってくる雪まで光っている。まるで雷の粒が落ちてきたかのように。

つーんと例の匂いが満ち満ちて、早樹は鼻がしびれそうだった。

方向感覚がまるでなくなってしまった。

「みんな、どこー！」と声をあげてみたけれどまったく響かない。

最初は小さな種のようだった不安は、どんどん大きくなった。

あてもなく進んでいると、足を吹きだまりにとられ、ずぼりと太ももまで埋まった。

このまま埋もれてしまったら……そう考えた瞬間に、体が雪の温度まで冷えた気がした。

早樹は体ごと回転して足を引き抜いた。それで、脱出できたけれど、妙に足が軽かった。左の足から雪靴がとれてしまったのだ。立とうとしても、また体が沈み、歩けない。

このまま雪に埋もれて、春まで見つからなくなってしまったらどうしよう。

早樹は横になったまま、あたりを見渡した。

遠くの方で、空ではなく、地面の方が、濃く青い光を発していた。

あれが町の方向だと早樹には分かった。ゴロゴロさんの力が地面に降りてきたんだ。

ここも妖精の国になったんだ。

早樹は、その場で手足を大きく動かした。今なら雪の上を飛べると思った。でも、少しも進めなかった。

早樹は疲れ果てて目を閉じた。涙が冷たかった。

だんだん眠くなってきた。

「妖精がジタバタしているところか。早樹、聞こえてるか」

父の声がして、早樹は目を開いた。

「まったく、心配したぞ。早樹だけがいないから、探しまわった。母さんはすごく目がいいから、見つけられたんだ」

抱き上げられて高いところから見ると、すぐ近くに道路があった。ライトをつけた車が停まっており、母が両腕を差しだして雪に足を取られながら駆けてきた。

暖房の効いた車に乗って、町に戻った時、早樹は町がすっかり停電していると知った。あちこちに雷が落ちたそうだ。

暗闇なのに、家の形がくっきりと分かった。

「青いよ。光ってるよ。だから、遠くからでも見えたの」

「早樹には、見えるのね」と耳元で聞いたのは、隣の席の母だった。

意味が分からなくて答えずにいると、おでこをゴチンとぶつけてきた。

「どんなふうに見えるの？」もっと小さな声で聞いてきた。

「ゴロゴロさんが来ると青く見えるよ」

「雲が、空が？」

「空はチカチカするの。目が痛くなるの」

「じゃあ、青いのってなに？」

「うーん、青いのはね。雲の下に集まるの。たくさんになったら雷になるよ。さっきは雪まで光ったよ」

母が耳元でため息をついた。

「そこまで見えるの……いいわ。今回はそれで助かったのだから。でも言ってはだめよ」

「どうして？」と早樹は聞いた。

「早樹にも教えなければならないのかしら。でも今じゃない。だって、早樹、まだ、震えてる」

言われてみると、早樹は歯がガチガチ鳴るほど体が冷えていた。雪の中に長くいすぎた。

家に帰って、すぐお風呂に入った。写真館にも雷が落ちたのだけれど、ガスだけは使えた。蠟燭《ろうそく》を節約するために、寝室ではなく居間に布団を敷いた。父と母がなにかを話し合っている脇で、早樹はすぐに横になった。

壁にかかっている風景写真が気になって、しばらく見ていた。

あ、と小さくつぶやいた。部屋に青い光が飛んでいた。雷のゴロゴロさんが連れてきた光だった。

その中で、壁の風景写真も一緒に光っていた。

写真じゃない。これ、絵なんだ。

すごく細かく描かれてはいるけれど、誰かが筆で描いたものだ。小さな点々を筆の先で打って、写真に見えるくらいに仕上げていた。雲だけでなく、空や町の写真もそうだった。青い光を浴びると、別の模様が浮かび上がってくるようでもあった。

「すごく、上手な絵。こっちを見てる」

早樹は四方にある絵が、早樹のことを見ていると感じたのだ。

「もう、おやすみなさい」

母は早樹の目を閉じさせて、背中をさすった。


「おまえの父さん、嘘つき」と幼稚園のおともだちに言われた。

早樹は意味が分からずに、目をパチパチした。

お迎えの時間になって、ともだちのお母さんたちが、早樹をちらりと見ては、「ヒライシンはかわいそうね。あんなお家で……」などとささやく声も聞こえてきた。

家に帰ると父がいなかった。

町の偉い人に呼ばれて、なにかの会議に出ていたと後で知った。

父は、帰宅すると、「明日からは、幼稚園に行かなくていい」と言った。

「どうして」と聞くと、「また、引っ越しだ」と答えた。そして、写真館の外壁にあった〈光画カメリヤの避雷針。月賦で返済！　オーケイ〉という張り紙を剝がした。ドアに閉店の札をかけ、そそくさと荷物の支度を始めた。

早樹は張り紙を剝がすのを手伝いつつ、ショーウィンドウが壊れていることに気づいた。早樹がお気に入りだった花嫁の写真は倒されて、写真立てのガラスにひびが入っていた。

「――大おばさんの写真もこんなことになって……」と母がつぶやいた。

名前は聞き取れなかったけれど、大おばさんということは、この花嫁さんは、早樹の親類だったのだ。詳しく聞こうとしたら、それよりも早く母は父に強い口調で言った。

「あなたがもっと注意深くしてくれればよかったのに」

「結局、赤字だなあ」と父はしょんぼり言った。

「お金、回収できないよなあ。まあ、いざとなったら、おれの生命保険があるからなあ」

早樹は父の目が怖かった。

母は「変なこと言わないで！」と涙を浮かべた。

三日後、早樹は父と母と一緒に、早樹が生まれ育った、太平洋側の風の強い都市に戻っていた。父は仕事が決まらずにごろごろしており、なにもかもが元通りだった。

ある風が強い日の夕方、家族三人で夕食を食べながら、天気予報を見ていたところ、父が「今晩がよさそうだ」と言った。

「なにが？」と聞くと、「ゴロゴロさんに会いに行こう」と父は答えた。

夜のドライブだ。早樹はやはり胸が高鳴った。

地元にあるそれほど高くない山の展望台で、車を停めた。寒いし風が強いので、車の中に留《とど》まった。父だけが「トイレに行くから」と外に出て、しばらく帰ってこなかった。

「父さんは、やりすぎたの」と母がぽつりと言った。

「早樹がいない間に、町にはいくつも雷が落ちた。建物は無事だったし、怪我をした人もいなかった。でも困った人は多かったのよ」

「テイデンしたこと？」と早樹は聞いた。

「パソコンや電気製品が壊れてしまったって」

早樹は小首をかしげた。ゴロゴロさんの雷は家を火事にしたり、人に当たったら大怪我したり死んでしまったりするはずだから、物が壊れたくらいならまだよかったのに。せっかく父が避雷針を付け、ゴロゴロさんが来た時には注意したのに、みんな怒るなんておかしい！

母は遠くに見える雲を指さして、早樹になにが見えるか聞いた。早樹が答えると、はあっとため息をついた。

「空を見ると、風が見える、雲ができる前に、雲が見えている、雨の前に、雨が降っている。母さんも同じ。そういう家系だから。でもね、これは特別なことなの。ほとんどの人には見えないの。約束してね。他の人には言ってはだめ。あなたのおじいさんや写真の大おばさんは、それでひどい目にあったのよ」

早樹は胸がざわざわして、落ち着かなくなった。

「おじいさんや大おばさんが早樹くらいの小さい子どもの頃に、戦争があったの。それで、お父さんやお母さんから引きはなされて、一緒に暮らせなかったそうよ。人には見えないものが見えて便利だからって、遠いところで仕事をさせられたの」

センソウのことはよく知らなかったけれど、父さん母さんと一緒に暮らせないのは嫌だった。

「早樹、雷まで分かるなんて、すごいことだわ。でも、言わないで。見えすぎるのは幸せなことじゃないの。早樹が雷を呼んだと思われるわ」

早樹は心臓がドクンと高鳴った。

わたしのせい？　わたしがゴロゴロさんと仲良くなったから？

早樹は急に怖くなった。

父さん！

トイレに行くって言ったきり、戻ってこない。

自然と体が動き、早樹はドアを開けて飛び出した。

なぜか、父さんともう会えない気がしたのだ。

父さんが行ってしまう、父さんが行ってしまう。早樹は必死に走った。父さんが歩いて行った方向へ。

山の中の展望台だ。とても暗い。ふいに灰色のセーターの背中が見えた。早樹は飛びついた。

「うわあ！」と父は声をあげた。

「早樹か。どうした」

「行かないで！」早樹は叫んだ。

「変なことを言うな。どこにも行かない」と父は笑った。

早樹はほっとして、足から力が抜けてしまった。父が抱き上げてくれた。

「父さんは、役に立てなかったなあ。町の人にも、家族にも、本当に役に立てなかったなあ」

「そんなことないよ！」

「早樹は、役に立つ大人になるといいなあ。父さんみたいになっちゃだめだ」

父さん！　そんなこと言わないで！

早樹は心の中で叫んだ。

でも、すぐに目を奪われた。遠くにもやもやした光が見えた。雲が光っているのが見えるのだ。

「ここからかなり離れているけど、あの町にかかっている雲だ。雪下ろしだよ」

ゴロゴロさんの雲だと、早樹にはもう分かった。

すごく高いところから赤い光が降り注いだ。ゴロゴロさんの光は青い。なにか違うものだ。

「ちらりと見えたな。スプライトだ。妖精って意味だよ。雷の雲の上で、光が出ることがあるんだ。父さんもはじめて見た」

ああっ、早樹は声をもらした。

「妖精さんの国は、みんなに見える？」

「ああ、見える。ほんの一瞬しか光らないが、気づけば分かる」

早樹はほっとした。あれは見てはいけないものではないのだ。

でも、わたしはいいや、と早樹は思った。

見えすぎるのはよくない。あの赤い光の矢をじっと見ていたら、もっとたくさんのものが見えてしまうかもしれない。空じゅうを駆けめぐる空の生き物の世界が見えてしまうかも。

そうしたら……また、父さんや母さんを困らせてしまう。

だから、見てはいけない。

わたしは、見てはいけない。

早樹は、心の中で繰り返した。

わたしは、見ない。見えない、見えない。

「さあ、帰ろうか」と父は言った。早樹は父にしがみついた。

急に眠気が襲ってきた。

それでも、もう一度だけうっすらと目を開けて空を見た。

なにも見えなかった。空は暗く、星もなかった。

ゴロゴロさん、さようなら。もう見ないと決めたのだから。

＊

大きな揺れを感じて、早樹は目を開いた。

その瞬間、自分がどこにいるのか分からなかった。南米からニューヨークへと向かう途中だと思い出すのに、数秒かかった。

窓の外は白く煙っている。高度が下がって、もう雲の中のようだ。ということは、もうすぐ着陸だ。

眠った時間は、二時間くらいか。

見た夢は鮮明で、自分自身で鍵をかけていた記憶の小部屋がまたひとつ開いた。

早樹は、かつて空を見上げるたびに、人には見えないものが見えていた。たったそれだけのことだが、幼心に「もう見ない」と強く決意すると、それっきり見えなくなった。

そのかわり、時々、訪れる眠気に悩まされるようになった。

そして――。

あと、なんだろう。なにか、まだ大切なことがあるのに、思い出せそうで、思い出せない。

着陸の時はひどく揺れて、すごい風が吹いていることに気づいた。空も鈍重で、あんなところから降りてきたのかとぞっとした。

ハリケーンが近づいており、早樹が乗った飛行機はきちんと予定通り着陸できた最後のものだと後で知った。

税関の外に出ると、早樹はすぐに懐かしい微笑みを見つけた。

もともと大人びた女性だったから、十年近くたった今もそれほど印象が変わらない。雪のような色白で、透けるような頰をして、さらりとした黒髪にはまったくくせがなかった。

椿先輩……。

言葉に出しかけて、早樹はふいに気づいた。

早樹が、幼い頃、夢中になった写真の中の花嫁と似ている、と。

もちろん、同じ人であるはずがない。あれは、早樹の母が「大おばさん」と呼んだ人だ。けれど、似ている。あの美しく毅然《きぜん》とした花嫁に。

「早樹！」と名前を呼ばれ、我に返った。

「ひどく揺れたでしょう」

「たぶん揺れが一番ひどい時は寝てたから……」

「本当に変わらないのね」と椿先輩は笑った。

そして、「おかえりなさい！」と言った。

「ただいま！」

なぜか、そういう挨拶が、すごくしっくりときた。

自然と体が動いて、一瞬跳ねるように手を取った。今の自分の年齢を考えると、ちょっと子どもっぽい。でも、わずか一年間とはいえ、ハイティーンの濃密な時間を共有していたことは大きい。気持ちがたかぶって、地下鉄の中でも時々、注目を浴びるくらい大きな声で笑いあった。

ふとした瞬間に、彼女の横顔を記憶の中の写真と重ね合わせる。

「機内で、思い出したんです。北陸の写真館で暮らしていたことがあって、そこに飾ってあった写真の花嫁が――」

「カメリヤって、英語で椿って意味よね」

椿先輩は、すっかり見透かしているのだ。

「あたしの祖母は、とても気が強くて、愛情豊かな人だったそうなの。あの時代に、普通に結婚しても、旧姓の椿を名乗り続けた。店の名前にもつけた。世間から忘れられたいのに、仲間には見つけてほしかった。だから、めぐりめぐって、早樹たちがあの家で暮らすこともあったのね。あたしの方は、物心つく前に引っ越して、覚えていないっていうのに」

ああ、なるほど。意外なほど、納得感があった。

あの写真の花嫁は、椿先輩のおばあさん。高校生の早樹ははっきり思い出さなかったけれど、それでも、かつての憧れと、美しい先輩を重ねていたのは間違いない。

それに、親戚みたいなもの、というのはそういうこと！

「同じところに住んでいたんですか……わたしたち。あの避雷針がある写真館に」

「避雷針は、元々あなたのおじいさんが取り付けてくれたものらしいわよ」

色々なことがつながっていく。早樹は自分を取り戻していく気がする。だから、ヒライシンをめぐって起きた、一騒動のことも問わず語りに語っていた。椿先輩は、高校時代と同じく聞き上手で、うんうんとうなずきながら聞いてくれた。

「あたしたちって、そういう行き違いばかり。悪意がなくても、誤解を招いたり。ああ、本当なら、美術館の分館に展示してある室内雲のインスタレーションを見せたかった。あれは、役にも立たず害にもならない応用だから、本当に気に入っているの。でも、ハリケーンのせいで休館よ。そして、あたしは、あなたに、気の重い話をしなければならない」

地下鉄の駅から、椿先輩の自宅まで、わずか数分。それでも、激しい雨風でびしょ濡れになった。外にいると身の危険を感じる水準だった。

椿先輩の部屋は、倉庫街を改装した「自称他称を含めた」芸術家が多い地域のアパートメントだ。リヴィングのソファに座ると、ちょうど相対する壁に絵がかけてあった。椿先輩自身が描いたものだろうか。早樹は濡れそぼったまま、しげしげと眺めた。

細かい点で表現される独特の画風だった。不思議な浮遊感があった。世界地図の上に椅子が何脚も浮かんでいる。椅子にはそれぞれ人が座っており、ヘッドフォンのようなものをつけて仕事をしている。そして、その人たちのさらに上には、色とりどりの天蓋《てんがい》が描かれていた。早樹には、それが空だとすぐに分かった。懐かしいような気もするし、不思議と気持ちをざわつかせる絵だった。

幻想的だけど、恐ろしいところがある。この筆捌《ふでさば》きや色遣いには記憶がある……。

ふいにケーブルテレビの電源が入り、ハリケーンのニュースが飛び込んできた。ノースカロライナでは水没した住宅の屋上で人が助けを待っていた。ワシントンDCでは、ポトマック川が氾濫《はんらん》し、ホワイトハウスの目前まで水が迫っていた。

「あと何時間かでマンハッタンに上陸。これって、ゴジラよね。だいたい、怪獣と戦うなんて、あたしたちには無理なのよ」

椿先輩は早樹に、タオルを投げてよこした。

「本当にゴジラをやっつけられるほど、人の役に立つならいいんですけど。たぶん、そういう話ではないですよね」

早樹はさっそく髪を拭きながら応えた。そして、いったん手を止めて、椿先輩を見た。

「気が重い話って、言ってましたよね」

「そう、話さないといけないわね。早樹、あなたは、人の役に立つ大きな仕事がしたい？」

椿先輩は唐突に聞いた。本当に、唐突な質問だった。

「ええっと、それは父です。父がよく言っていたことなんです」

「そうなのね」

椿先輩は早樹の目をのぞき込んだ。鼓動が速くなり、喉がからからに渇いた。

「……ワインを開けましょうか。わたしが持って来たやつ」

「さっき、冷蔵庫に入れたばかりよ。まだ早くない？」

「白だけど、しっかりしたやつだから、この気温なら充分いけるはずです。古い友人と会うと言ったら、蔵の人が持っていけって出してくれた秘蔵の古酒なので」

飴色でとろりとした液体は、濃厚な香りがした。グラスをすかして外を見ると、暴風雨すらふんわりとまるめ込むような包容力を感じた。早樹は、上質な白ワインを口に含むたび、太陽の味だと思う。まさに、この古酒がそうだった。

グラスを揺らしながら、椿先輩が早樹を見る。夢の中ではなく、夢占いでもない。現実にいる若い女性として、語りかける。壁にかかった世界地図の絵に、それまで見えなかった新しい輪郭がくっきり浮き上がる。それは、眼球だ。眼球の底に世界地図がある。あれは、誰かの目に映った世界なのだ。それが誰なのか、もうすぐ知ることになると、早樹は予感する。

ハリケーンの風や雨が窓を叩く中、椿先輩は、何十年も前の、祖父母の世代がまだ幼かった頃の物語を静かに語り始める。

分教場の子ら、空を奏でる

「始まりの日に見た、大きな雲のことをお話ししましょうか」と白髪の老婦人が言った。

風通しのよい畳の小部屋に、歳の離れた女性が二人、座っている。

老婦人は座椅子に身をゆだね、若い黒髪の女性は座布団の上で少しだけ足を崩した姿勢だ。

年齢だけを見れば、祖母と孫、いや、それ以上の開きがあるかもしれない。しかし、老婦人の方が、活発で、まるで女学生のように話す。

「子どもたちが成長する力をぎゅうっと凝縮したみたいな、勢いのある雲でした。どんな時代にも、子どもたちは明日へ明日へと期待に胸を膨らませて育ちます。それと同じ勢いで、空に枝葉を伸ばしていました。わたし、あんなに力強い雲は、あれ以来、見たことがないのよ」

若い女性はこくりとうなずいてから、小首を傾げた。

「ええ、分かりますよ。何ヵ月か後は、別の雲に出会ったでしょうって。たしかに、そうね。どす黒く禍々《まがまが》しいものでした。あなたの歳でも、写真でなら見たことがあるわよね。けれど、あれとは、性質が違うの。わたしがいつも心の中にしまってあるのは、希望の力がたくさん詰まったものなのよ。だから――」

老婦人は、落ちくぼんだ目をしばたたいた。少し濁った瞳には、軒先の空が映っている。

「わたしは、待っているんですよ。あの子たちが、また会いに来てくれるのを」

*

潮の匂いがする停留所で乗り合いバスを降りると、目の前には村の名前にもなっている一本松がたたずんでいた。

島原半島の南端近くにある、深く切れ込んだ入り江だ。赴任する国民学校は南側の岬の高台にあるので、入り江の対岸に渡らなければならない。波が高くて渡し船が出る様子はなく、わたしは大回りする道を歩いていくよりなかった。

戦争が始まる前までは、このあたりにも軽便鉄道が通っており、それなりに賑《にぎ》わっていたという。山側に入れば温泉地があり、湯治客も多かったとか。しかし、今はすっかり活気を失っていた。道すがら見る田畑で作業しているのも生気に欠ける老人ばかりで、わたしが通っても顔を上げようともしなかった。着物から仕立て直した上等なもんぺを身につけてきたのに、汗と埃《ほこり》にまみれるばかりで後悔がつのった。

もっとも、わたしが生まれ育った諫早《いさはや》も充分に田舎だ。造り酒屋を営む実家は学問好きの父の趣味で、地元の知識人が集まる賑やかな家だったし、わたしは歳の割に物知りだと自負していた。思い起こすと気恥ずかしい。この時も、縁あって赴任する地域への好奇心をたぎらせ、それなのに先方は無関心この上ない、と空回りした気分になっていただけだ。

やがて、そんな漠たる思いは、くっきりした不安に置き換わった。入り江を回るうちに細い山道に入り、人通りも少なくなった。耕作されている土地もまばらになり、寒村というよりなかった。女子師範を出たばかりの自分に、こんなところで教員が務まるだろうか。ずっと自宅から学校に通っていたので、親元を離れるのはこれが最初だった。あちこちを小枝でひっかけ、一張羅が汚れたりほつれたりするうちに、子ども時代に戻ったかのように心細く感じた。

一歩一歩がもはや苦役に感じられる頃、校舎が見えてきた。山がちな岬の中腹から突きだした不安定な高台に建てられており、大きな空と勢いのよい雲を背負っていた。

わたしは息を呑んだ。校舎の向こうの雲がなんとも立派で、みるみる育っていくのである。なにもない空から、早回しの映画のように、次々と湧き出してくる。

白い鳩が青空を横切った。翼の向こうに陽光をすかし、眩しくも美しかった。

喜びが体に満ちた。瑞々《みずみず》しい勢いを感じさせるこの光景と、まだ見ぬ教え子たちとを、ごく自然に重ね合わせた。国民学校とはいえ遠隔地の分教場であり、子どもたちはわずか七人と聞いていた。校長すらおらず、初任のわたしがたった一人の「先生」として、学校を切り盛りすることになっていた。どんな子たちなのだろう。しっかりやれるだろうか……それこそ自分がはじめて学校に通う小学一年生の気分だった。

粗末な校門をくぐると、校庭の片隅に鳩舎《きゆうしや》があった。ああ、さっきの鳩はここのものか、と合点がいった。

そして、その先、校庭から崖に向かって突き出した平たい岩の上に女の子が二人おり、空を仰ぎ見ていた。一人はまだ幼児といってよい年齢。もう一人は小柄ながら就学児だろう。二人は空を指さしながら踊っていた。岩舞台の踊り子のようで、目を奪われた。ごぉーっと、体を震わせる振動を感じ、我に返った。地鳴りがしているのである。

「危ない！　降りなさい！」

わたしは、大きな声で注意をした。その先は崖だ。

声が届いたのかどうか。子どもたちは、大きく指揮棒を振るような仕草をしてから、岩舞台から校庭側に飛び降り、すばしこく物陰へと消えていった。

にわかに空が暗く重くなり、叩きつけるような雨が落ちてきた。地鳴りをかき消すほどの激しい雨だった。あわてて木造校舎の軒下に駆け込んだ。

「園木《そのぎ》先生ですね」と大声がした。

白髪の老人が、校舎からのそりと現れた。黒い服を着ており、痩せていた。襟元には、この時代、贅沢品《ぜいたくひん》として男女を問わず珍しかった首飾りがちらりと見えていた。ガラスの玉が連なったものだった。

「畑山《はたけやま》です。驚かれましたでしょう。山が動き天が鳴る。地鳴りと夕立が一緒にやってきた。最近、こういうことが多くなっておりますな」

わたしは、深くお辞儀をした。この地にわたしを呼び寄せたのが畑山氏だと父から聞いていた。

「諫早の父上にも先代にも、ずいぶんお世話になりました。学生時代、近くに寄宿しておりまして、地元の碩学《せきがく》が集まる社交の場があると知り、通い詰めました。ご恩は忘れません。なにか不都合がありましたら、わたくしにおっしゃってください。道は遠かったでしょう」

「ロザリオ、ですか……」

つい気になって襟元の首飾りのことを聞いた。畑山氏は、さりげなく胸に手をやってから、服の襟を直して内側に隠した。

「入り江のこちら側は、古くからの信教がありまして。結束が固いのだけが取り柄です」

「神父さんなのですね」

わたしは、父と親交のある天主堂の神父と話したことがあった。父の人脈は、祖父の代から続く、進歩的な知識人の集いをもとにしていて、様々な方面に広がっていた。神父や僧侶など、宗教関係者も少なくはなかった。よく出入りしていた神父は、黒っぽい服を着て、常にロザリオを首から下げていた。当時、まだ幼かったわたしにとって、ロザリオは宗教的な意味よりも、華やかな首飾りのように見えて、ただ羨ましかったのを覚えている。

「いえいえ、村の宗家が、自然とそのような役になりますもので――」

それでも畑山氏の立ち居振る舞いは、ひとつひとつがていねいで聖職者を思わせた。

「園木先生も、ロザリオをお持ちなのですか」

はっとして胸を押さえた。首から「お守り」を下げているのはわたしも同じだった。しかし、ロザリオではないし、また、見栄えのする金属の鎖ではなく、布を捩《よじ》った紐《ひも》の先に取り付けている。

「いえ、父がくれたお守りです」

「ほう、父上が……」

「父から聞いた話ですと、事情があって集団疎開できなかった子どもたちのための学校なのだそうですね。その役割を引き受けられたのも、信仰ゆえなのですか」

話題を変えると、畑山氏の眉がぴくりと動いた。そして、すぐに笑みを浮かべた。

「ああ、そうだ、やはり、申し訳ないことをしましたな。おなご先生がバスから降りたのは聞いてはおりましたが、お迎えにあがれる者がおりませんで」

「ご存じだったのですか……」

「道すがら、皆が見ておりましたとも。モダンなもんぺが話題になっておりますよ。しかし、せっかくの上等な生地がほつれていますな。家内に言って、直させましょう」

顔がかーっと熱くなった。無関心に見えて、実は遠巻きに観察されていたのだ。

「さあ、下宿も整えてありますよ。具雑煮の準備もできておりますし……」

畑山氏が述べる言葉は、途中までしか耳に入らなかった。

ふと、思い出したのだ。屋内に入る直前の校庭の光景。

「あの……さっきの子たちは、崖の上の舞台のような岩で踊ってました。危ないのではないでしょうか」

「さて、なんのことでしょうか」と畑山氏。

「ここで待っておる間、子どもは見ませんでしたが。まあ、あの子たちは小天狗《こてんぐ》か河童《かっぱ》のようなものでして。先生も、きっと苦労なされる」

畑山氏は口の端でほんの少しだけ笑い、この話題は終わりと告げているようでもあった。


到着して一晩明けた始業日、朝から空は晴れ上がった。

わたしは、うんと早起きして登校し、胸に下げているお守りを青い空にかざした。

細長いぎやまんの瓶に、透明な液体が入っている。父の酒蔵で造っている蒸留酒だ。

そして、その中に、家の近くで摘み取ったたんぽぽの花びらが沈めてあった。

わたしのお守りの正体は、ロザリオではなくこのようなものだった。父は言っていた。

ていねいに醸造、蒸留した酒には、魂、酒精が宿ると。そこに、生まれ育った家や近辺の野の花の匂いを加えれば、お守りになる。

わたしは、これから始まる日々に幸運の願を掛けると、校門のところで待った。始業よりも三十分近く前に、坂道をぞろぞろと登ってくる姿が見えた。

登校してきた子たちの数は六人。男児が三人と、女児が三人だ。みすぼらしい格好をしているものの、背景では海と空が交わり水面がきらめいていた。まず女児たちが、わたしがいることに気づき溌剌《はつらつ》とした歓声をあげた。

完璧な瞬間だった。映画の一コマ、選《よ》りすぐった光画の一葉。一生、胸に刻んでおくべき光景。家庭に事情があり通常の集団疎開に参加できなかった子たちと聞いていたから、翳《かげ》りのある雰囲気を想像していた。でも、まったく違う。喜びを爆発させて、駆け寄ってきた。

しかし、感激もつかの間、ある問題に、わたしはしばし頭を悩ますことになった。

登校してきた子どもたちの数が足りない。

聞いていた限りでは、児童数は七人のはずだった。しかし、やってきたのは六人、いや、五人だ。一番小さな、おかっぱ頭の女の子が、もじもじしながら近づいてきてわたしの袖を摑んだ。別の女の子が「先生、チヨは家にいても一人になるので、学校に来ていいですか」と聞いた。つまり、チヨと呼ばれた子は就学前であり、まだ出欠簿の勘定に入っていなかったのだ。

「静かにしていられるなら、いいでしょう」と言うと、チヨは満面の笑みを浮かべた。

全員を席につかせると、わたしは「これだけ？」と聞いた。

「ここに来る前の手紙では、七人と聞いていたけれど、五人だけですね。あとの二人は？　病気で欠席？」

誰もが黙ったまま首を横に振った。

「おかしいわね。みなさん、理由を知っていますか」

目を合わさずにうつむく者が多い中、「マサルにぃとミツルにぃは……」と言ったのは、小さなチヨだった。

ぴりっと緊張した空気が走り、教室はさらに深い沈黙に包まれた。チヨも、なにかを察したらしく、うつむいた。

かなり繊細な問題のようだ。この子たちには、それぞれ家庭の事情があることを忘れてはならない。後で畑山氏に聞いた方がいいと判断した。

わたしは気分を切り替え、子どもたちを校庭に連れ出した。集落と山と谷、そして遠くには海を見渡す光景だ。近景には昨日も見た舞台のような岩があり、その並びに鳩舎があった。鳩たちが時々騒々しい音をたてる中、六人、十二の瞳が、こちらをまっすぐに見つめていた。

「はじめまして、園木董子《とうこ》です。わたしは先生一年生なので、みんなと一緒にたくさん勉強します。一年が終わった時、誰が一番勉強したか勝負です」

そのように自己紹介した。そして、生まれ育った諫早の造り酒屋のことや、勉強する楽しさのことを話した。この学校に来て、最初に見た青空と雲が素晴らしかったことを語り、ここで勉強できるのは幸運だと言った。

話している途中から、子どもたちはぽかんと口を開いた。わたしの語り方は、この頃の教師にしてはくだけすぎていたのだろう。教練風にぴしゃりと押さえつけるのが流儀だった時代だ。しかし、性に合わないのだから仕方なかった。

「これだけの人数ですから、みんながきょうだいのように、家族のようにしなければならないと思います。今は、きをつけや、まえにならえをするよりも、しっかりとお話をしたいと思います」

そして、わたしは、出欠簿を見ながら、ひとりひとりに呼びかけた。

「一番の上の学年は、五年生ね。川住茂《かわすみしげる》君と川住勲《いさむ》君。あら、二人はきょうだい？　いいえ、ふたご？」

「丸いハゲがあるのがシゲルだから、最初はそれで見分けるとよいであります」とふたごの一人、イサムの方がふざけた口調で言い、笑いに包まれた。

「先生！　シゲルは髪が茂っておらぬのです！」と本人もたたみかけ、しばらく笑いを止めることができなかった。

お腹が痛くなるほど笑ってから、わたしは呼びかけに戻った。

「もう一人の五年生、椿八重子《やえこ》さんね。しっかりしたお姉さんみたいで頼もしいです。

先生とは正反対ね。わたしは、そそっかしいから」

しっとりとした細い髪で色白の子だ。ふたごのせいで緩んだ雰囲気の中でも、一人だけ落ち着いていた。周囲に流されない性格なのだろう。

ヤエコは「よろしくおねがいします」とあいさつをすると、ふっとため息をつき視線を逸らした。

「ヤエコは怒らすとこわいぞお」とふたごのどちらかが言ったが、わたしは気にせずに進んだ。

「四年生の辰野清《たつのきよし》さんは、近視なのね。たくさん勉強をしているのかしら」

黒いセルロイドの眼鏡をかけており、いかにも秀才の雰囲気だったのである。

「ぼ、ぼくは、本を読むのが、す、好きです」と少し吃音《きつおん》がありながら、積極的に話そうとするのが印象的だった。

「先生も、本を読むのが好きだわ。趣味が合いそうね」

キヨシが猛烈な読書家で、子ども向けの物語だけでなく、あらゆる分野の活字を読む子だと、すぐに知ることになった。

「もう一人、四年生。陽向《ひなた》マリヤさん」

名を呼んだと同時に、わたしはマリヤの視線を受け止めた。小柄で幼く見えたが、目の印象だけが違った。透明な泉の底を見据え、吸い込まれるような感覚を抱いた。虹彩の色が薄く、しかし、瞳は静謐《せいひつ》にして深い。澄んだ水も深さを増すと漆黒になるのだろうか。

「トウコ先生」とマリヤが言葉を発すると、最初は彫像のように見えた顔に、はにかんだ表情が灯った。

「トウコ先生は、お姉さん先生なのに、お母さん先生？」と実にあどけない笑顔で聞くのである。

みんな仲良く家族のようにしなければ、と言ったことが気に入ったようだった。

「そうね、そうなれたら、うれしいわね。先生は一人っ子だから、きょうだいはいないし、学級のみんなが家族ですよ」

「うれしい。チヨもトウコ先生のこと、お姉さんでお母さんだと思うといいよ！」

そう言うと、マリヤは隣にちょこんと座っている温水《ぬくみず》千代《ちよ》のおかっぱ髪をくしゃっと撫でた。

その時、にわかに理解した。昨日、地鳴りと夕立の中、岩舞台で踊っていたのはこの二人だ。ほんの短い時間だったが、わたしはあの不思議な動きに魅入られた。

そうこうするうちに出欠と雑談だけで最初の一時間を使ってしまい、「トウコ先生、本当にそそっかしいんだ」とマリヤに言われた。そして、ふたごに「ソノギではなく、損気《そんき》先生であります」と囃《はや》された。それでもわたしは、はじめて担任する子どもたちと接するのがうれしくてうれしくて仕方なかった。

「先生、そろそろ、中に入った方がいいよ」とヤエコがふいに言った。

「マリヤ、そうだよね。あたしには、そう見える」と続けた。蓮っ葉な言い方は、大人になりかけの少女にはありがちかもしれない。

マリヤは、ただでさえ大きな目をこぼれそうなくらいに開いて空を見上げ、こっくりうなずいた。

鳩舎の中で、落ち着かない鳩たちが、バサッバサッと羽ばたき、遠雷が響いてきた。

教室に戻ると、マリヤが窓辺に直行し、さーっと両手をあげた。そして、全身を大きく使って、すーっと下ろした。あの時と一緒だ。

いきなり轟音が天井から響いた。爆撃？「みんな机の下に！」とわたしは大声をあげた。軍の施設や工場もないただの農村に、爆撃など考えられなかったのだが。

「やっぱり、ソンキ先生であります。あわてんぼうでありましょう」とふたごが言い、

「先生、雹だから。このあたりではよくあるから」とヤエコに諭された。

たしかに窓の外に降り注ぐのは、焼夷《しょうい》弾《だん》などではなく白い塊だった。

大きい物は拳ほどもあり、あのまま校庭にいたらと考えるとぞっとした。

マリヤは両腕をまたも振り上げながら、独特の踊りを続けた。旋律のはっきりしない歌もうたっていた。その隣で、チヨも動きを真似《まね》して、かわいらしく体を揺らした。

授業が始まると「せんせい、わかりません！」とすぐに大きな声が響いたものだ。たいてい、シゲルとイサムのふたごのどちらかだった。「検算が合いません」「わり

算のあまりが合いません」などなど。学級を支えてくれるはずの最年長が「わかりません」を連発するのには閉口した。しかし、捨て置くわけにはいかない。

一方、同じ最年長で、級長の役割を期待していたヤエコも見立てとは違う性質のようだった。「教えてあげてね」と頼んでも、上の空だ。言葉に気づけば、適切な助言をしてくれるのだが、心ここにあらずの時間の方が長かった。

わたしはたった六人の教室をまとめられず、途方に暮れた。学級がバラバラになる危機をぎりぎりのところで踏みとどまれたのは、キヨシとマリヤのおかげだろうか。

キヨシは独習課題を与えれば集中して取り組むことができる手のかからない児童だった。だから最初の頃、印象が薄かったくらいだ。

一方、マリヤは、面倒見がよかった。年少のチヨをいつも気にかけていて、一年生用の算数教科書『カズノホン』を使い、自主的に教えてくれた。この頃の教科書というのは、なんとも戦時を反映したもので、数え方の単元は「抜刀万歳する少年兵士」を数え、数の大小の単元は「どちらの戦闘機の方がいくつ多いか」を問うた。小さなチヨは、それを怖がった。マリヤは別の絵を描きなおして、イチ、ニー、サン、などと声を合わせた。二人のかわいらしい数え方は、この時期の断片的な記憶でもっとも甘やかなものだ。

目まぐるしいながらも、幸せなわたしの初任時代であった。

四月も終わりの頃になると、多少は余裕が出てきたのか、こんな一コマを覚えている。

朝礼で、教科書『ヨイコドモ』にある「日本ヨイ国、キヨイ国。世界ニ一ツノ　神ノ国」の文言を教室の全員で唱和する時、チヨが指先の小さな動きで十字を切ったように見えた。

はっとして、「里親さんに教えてもらったのかしら」と聞いた。

まだ幼いチヨに、里親が、信教の習慣を伝えようとするのは充分ありえそうだ。

教室の中のことだけでいっぱいいっぱいだったわたしが、教室の外でのこの子たちの生活、ここに至るまでに背負ってきたもの、そういったことにはじめて思いを馳せた瞬間だったかもしれない。

もっとも、この時、チヨは、わたしの質問に答えなかった。

そのかわりに、もう一度、指を動かした。

十字を切ったというより、今度は指揮棒を指先だけで振ったように思えた。

カタカタと木造校舎が鳴り、さらに遠くから腹に響くゴオッという音がした。

「お山が、あくびをしたの」とチヨが言い、体を大きく揺らした。

「チヨ！」と鋭い声をあげたのは、ヤエコだ。

ぴりっと空気がひび割れたような気がした。

「チヨさん、それは踊りの振り付けみたいねえ」

わたしができるだけのんびりした口調で言うと、ほとんど同時に地鳴りもおさまった。

しかし、なんだろう、このふわふわした雰囲気は。

この子たちが感じさせる、ただならぬ部分。畑山氏が言う小天狗や河童というのはともかく、なにか不思議なところがあるのは認めざるをえなかった。

＊

老婦人の少し濁った目は、相対する若い女性をしっかりと捉えている。

いきいきとした口調は、やはり年齢を感じさせない。半世紀以上前のできごとを、まるで昨日のことのように、次から次へと語り続ける。

「──最初の一ヵ月のことは、あまりはっきり覚えていないくらいなのよ。初任の教員が一人で国民学校の分教場を任されたのだから仕方がない。記憶もとびとびで、週案や日誌を見返して、なんとかあの時はああだった、というふうになるの」

「──ええ、それでもやはり、最初の教え子は特別。一度、思い出すと芋づる式に次々と、というふうになるわね。さっきも言ったでしょう。赴任した日に見た雲は、本当に勢いがあって忘れられない。ふたごたちは、本当に愉快。やればできる子たちでしたのに、学校の勉強には関心がなかったわね。ああ、小さなチヨも、まだ学校に来る歳でもないのに勉強熱心だった。子どもはね、いつだって学びたいんです。大きくなりたいんです」

老婦人の目には若々しい光が宿り、それなのに、同時に目頭に涙が浮かぶ。様々な感情が重ね合わされて、結果、慈しみの表情になる。

ふいに記憶の海に深く潜行して、しばし、沈黙が訪れた。

庭木の葉を揺らす風の音が、さわさわと聞こえてきた。

「結局、いつまでいらしたんですか」しばらくして若い女が口を開いた。

「その年のことを考えれば、それほど長くはいられなかったのではないかと思うのですが。八月には、もう国民学校という仕組み自体、なくなるわけですよね」

老婦人は、聞こえたのか聞こえなかったのか、うっすらとした微笑みで宙を見つめる。

小部屋を吹き抜ける風の音がにわかに大きくなる。

＊

わたしが教える五人の児童と、一人の未就学児は、家庭の事情を抱えて、日本列島全体から見れば、端の端にある半島の集落に身を寄せていた子たちだった。しかし、家庭の事情というのはなんだろう。

この県内への疎開は、前線に近い沖縄や南西諸島の子が多く、その場合、理由は単純に子どもたちの安全を守るためだった。では、わたしの子どもたちは？　やはり、出身は前線に近い島々なのだろうか。繊細な問題ゆえに、あまり深く詮索せずにきたが、教師として、わたしは、ひとりひとりのことをもっと知りたいと願うようになっていた。

ある日の図工の時間、「お空の絵を描いてみましょう」と提案し、みんなで粗末な画板と画材を持ち、校庭に出た。

校庭からのぞむ方向はちょうど南西で、南の島々の方角だ。絵を描けば、そこにどこか望郷の念などが入ったり、ぽつりと語り始める子がいるかもしれないと思った。

当ては外れた。

ふたごのシゲルとイサムは、大空を飛び交う零戦を描いた。

ヤエコは、窓から見える山、海、空をすべて入れ込んだ風景画を描いた。とても手早く仕上げて、あとは日陰に座りぼーっとしていた。それでも、文句のつけようがない上手な絵だった。「ヤエコさんは、絵の才能があるのね」とわたしは思わず唸った。

マリヤが描いたのは、なんと抽象画だった。色が入り乱れていて、とうてい空には見えなかった。わたしは、「個性的ねえ」と評するよりなかった。

キヨシは空を悠々と飛ぶ龍神様を描いた。西の海から飛来する細長い体には雨粒のようなうろこが細かく描かれ、陸地に近づいて急上昇するように上半身だけを持ち上げていた。

「う、海を渡る龍神様は、海の水を吸い上げて陸まで持ってくる。み、水の繭ができていっぱいいっぱいになったら、雨が降る」とキヨシは言った。

「そうね、龍神様は雨の神様だものね。さすがによく本を読んでいるわね」

わたしが生まれ育った近くには、龍宮社という内湾に突き出した祠《ほこら》があり、海を統べる龍王を祀《まつ》っていた。ふだんは深海の龍宮で休んでいるものの、怒ると豪雨を降らせて町を水浸しにしてしまうと教わった。

そして、幼いチヨも一緒に絵を描いた。

「ねえねえ、トウコせんせい！　チヨも、りゅうじんさま！」と言った。

なんと言いあらわせばよいのか困難なものが描かれていた。

それは山の上にいた。周囲には、雲が浮かんでいた。山の龍穴から出てきたばかりと言われればそのようにも見えた。ただ体がでっぷりしており、うろこに覆われていた。けもののような脚が四本あり、天に向かって猛烈な勢いで火と煙を噴き上げていた。

「チヨさん、これは……なんなの？」わたしは首を傾げた。

「また、チヨの怪獣だあ」とふたごの一人が囃したてた。頭に円形ハゲがあるシゲルの方だった。

「先生、チヨは泣き虫のくせ、怖いものばっか描いてまーす」とイサム。

チヨが「りゅうじんさまだもん！　りゅうじんさまが、しゃっくり、したとこ！」と泣き始め、マリヤがぎゅっと抱きしめた。ふたごを鋭い視線で見る様は、いつも優しい雰囲気のマリヤの意外な側面だった。

「せ、西洋の龍です」と言ったのは、キヨシだった。

「キヨシ君それは、どういうことなの？　西洋にも龍神様はいるの？」

「西洋の龍は、ひ、火を吹き、宝物に目がない強欲なやつ。このあたりは火の国だから、火の龍がいて、西洋の龍と似ている」

キヨシは、本当によく知っている。教師のわたしが聞いたこともない話なのである。

結局、そんなふうにして図工の時間は終わった。目論見《もくろみ》は外れたが、この子たちへの好奇心はさらに深まった。

教室に戻った時、事件が起きた。

まず、ふたごが「雨来るぞ」「雹来るぞ」と囃したてた。そして、マリヤは大きく目を見開いてから、「大きいの、来るよ」と続けた。

この子たちは、天気の移り変わりにとても敏感だ。島育ちなのではないかと思った理由の一つだった。島の環境では、海や空を見て、自然と天気に敏感にならざるをえない。わたしの生家で酒造を担う杜氏《とうじ》は、夏は漁師、冬は酒造りをする島の出身者で、ラジオの予報よりも正確に天気を当てた。

「どうやったら、みんな、天気が変わるのが分かるのかしら」

聞くよりも早く、マリヤとチヨが教室から抜け出した。

「どうしたの？」とわたしは後を追った。

校庭の端にある岩舞台にぴょんっと飛び上がり、そこで、二人は大きく腕を振った。

二人の肩越しに見える田畑には、村の人たちが作業に出ていた。

誰かが、踊るマリヤとチヨに気づき、指さした。そして、急ぎ足で田畑を後にした。

その中には、とても小さな姿がいくつもあった。

その時、わたしはふと気づいた。

小さな姿は、村の子どもたち！　きょうは、農作業が忙しい日なのだろう。学校に行かずに家の田畑の手入れの手伝いをしている。

では、あの子たちは、ふだんはどこの学校に行っているのか。わたしの分教場には、疎開児童しかいなかった。同じ年頃の子なのに、なぜ交わらないのか。

遠雷が響き、我に返った。

マリヤとチヨの肩に手をかけて、二人を岩舞台から引きずり降ろした。

「教室に戻りなさい」と強い口調で言った。

そのくせ、わたしはのろのろと歩き、考えながら校庭を歩いた。

やっぱり、なにかがおかしい。

ただでさえ、若者を戦争に取られて、労働力にとぼしい村なのに、なぜこの子たちは農繁期にも休まず学校に来るのだろう。里子でも立派な労働力だ。いや、タダ飯を食わす余裕はないというのが、普通の感覚だろう。ふたごとヤエコ、そして、キヨシなら、確実に力になるだろうに。

雨が降ってきた。冷たい雨だった。雷の音も近づいてきた。

「先生、外に画板が置いたままであります！」ふたごのどちらかが、校舎の窓から大声で言った。

全員分の画板を集めたふたごが、鳩舎の壁に立てかけたままにしてしまったようだ。雨に濡れるままにしておいてよいものではない。

わたしは、自然と歩く方向を変え、校舎に背を向けた。

画板に手を伸ばそうとする直前、お守りを首から下げている布紐が切れた。

あ、と口に出し、動きを止めた。

その瞬間に、目の前が真っ白になった。

ゴゴゴゴドドドと空気が割れる音がしたのはあとのことだ。

わたしは、その場に倒れていた。そのことに気づくのに少し時間がかかった。

「ソンキ先生！」と誰かの声がした。

大丈夫よと笑おうとしたが、ちゃんとできたか分からない。とにかく体が動かなかった。

「ソノギ先生は、損気先生ですなあ。あわててはことをし損じる」

ふたごたちが近くまで来て、囃したてた。

「二人とも！」ヤエコの声がした。

「あんたら、ひどいよ。危ないの分かってて、画板を取りに行ってもらったでしょう。おまけに囃したてるなんて！　いい加減にしなよ！」

いつもぼんやりしているヤエコが、ひどく怒っている声を聞きながら、すーっと意識が遠くなった。


目を覚ました時にわたしがいたのは、見知らぬ窓辺に敷かれた布団の上だった。

窓からは特徴的な一本松が見えた。部屋の反対側の机には医療器具があり、わたしは大体のことを悟った。つまり、入り江を越えた向こうの一本松の医院に運ばれて眠っていたのだ。壁の時計を信じるなら、数時間は気を失っていたことになる。

「にわか雨が終わりましたら、舟も問題なく出せましたのでよかった。しかし、先生には神様のご加護がある。雷を受けたということですから、心臓が止まってもおかしくなかったのですよ」

声を掛けられて、畑山氏がそばにいると気づいた。

ああ、そうか、あれは雷だったのか。背の高い鳩舎にいったん落ちたものが、近づいたわたしに飛び移ってきたのだろう。そういうことがしばしば起こると、父が懇意にしている気象学者から聞いたことがあった。お守りの紐が切れたことで、一歩分、遠くで雷を受け、おかげでこうやってまた目を開けることができた。たしかに、なにかの加護があったのかもしれない。

「まったく、あの子たちはたちが悪い。雷の中、先生を外に行かせるとは。村人たちも、動揺しておりますよ。里親たちは、悪魔、さたん、を預かっているのか、と」

ふたごが囃したてる声が、耳元でよみがえった。あの子たちは、鳩舎に雷が落ちることを知っていたのではないか。

胸にあるはずのお守りを触ろうとして、なくしてしまったことに気づいた。

わたしは急に心細くなり、目頭が熱くなった。赴任以来、張り詰めていた気持ちが、一気に決壊し、涙はとめどなく流れた。

「やっぱり、無理だったんです。わたし、自信がありません」天井を見上げたまま言った。

「わたしのような新前《しんまえ》が、このご時世にいきなり一人で教えるなんて。あの子たち、不思議というか、理解できないところがあります。家庭の事情ってなんですか。南の島の子たちですよね？」

「いいえ、別のところですよ」畑山氏はあっさりと答えた。

「大阪、高知、徳島、名古屋……さすがに東京の子はおりませんが。ああ、前にいた子も含めての話です」

「大阪や名古屋はともかく、高知や徳島の子に疎開の必要なんてあるんでしょうか」

「わたくしからはなんとも申し上げられない。心細いのはお察ししますが、先生がいなくなれば、代わりは来ないでしょうな。もうどこにもそんな余裕はない——」

畑山氏は、言葉を途中で止めた。

「トウコ先生！」と女の子の声が聞こえてきたからだ。

わたしは体を起こして窓の外を見た。一本松の方向からマリヤとチヨが走ってきた。裸足《はだし》だった。あちこちに切り傷をこさえて、血を流していた。

「マリヤさん、チヨさん、足！　どうしたの」

わたしは、立ち上がり、窓から顔を出した。足がしびれたがなんとか歩くことはできた。

「草履の緒が切れました」とマリヤが言った。

「あなたたち――」

そうだ、当たり前だ。子どもたちは、船賃など持っていない。わざわざこの深い入り江を回り込み、わたしを追いかけてきたのだ。こんなにしてまで！　小さなチヨなど、途中心細くなっただろうに、よくもまあ！

「チヨは泣いたけど、がんばったんだよ」とマリヤ。

わたしも泣きそうになった。

「ほんと、いつ着くかと思ったよ」とヤエコ。「よかった、間に合って。シゲル、イサム、あやまりな」

シゲルとイサムが進みでて、しょんぼり肩を落としたまま「ごめんなさい。おれら、先生に危ないって言わずに、おもしろがって見とった。本当にごめんなさい」と口々に言った。

「いいのよ、わたしも不注意だった。ソンキ先生だわ。本当に」

チヨがまとわりつき、「トウコせんせい、いなくなったりしないよね」と聞いた。マリヤは、そのあとから近づきわたしの手に小さな塊を手渡した。

「先生、これ落としたの。とてもきれい。大切なものでしょう」

それは、わたしを守ってくれたお守りだった。

マリヤに「ありがとう」と言いながらわたしは涙を拭いた。そして、チヨの頭に手を置いた。

一度失った自信を取り戻したというのとはちょっと違う。そんなもの最初からなかった。それでも、わたしは、この時、この子たちと一緒にいたいと思ったのだ。

「わたしはどこにも行きません。わたしは、みんなの先生ですから」

わたしは、ここで教える。あらためて決意した瞬間だった。

「さてさて、そうとなれば、この子たちにはびしっとやってくださいよ」と言ったのは畑山氏だった。「里親たちも、先生が甘すぎるのではないかと心配しておりますからな。この子たちがやっかいを起こせば、村の者も抑えられなくなる……」

わたしは、その言葉を耳に入れながら、理解しようとはしなかった。

子どもたちに受け入れられた喜びが心を満たし、ほかのものが入り込む余地がなかった。


梅雨も近く雲が多い日が続いていた頃、思いがけず晴れ間が広がる朝があった。

そういえば、学期のはじめ、わたしは学級の立ち上げに夢中になるあまり、遠足を忘れていた。

そこで、子どもたちと相談し、山道を散策することにした。

一ヵ月前、落雷の側撃を受けたのは右足で、しばらくは火傷《やけど》のような跡としびれが残っていたが、この頃にはすっかり癒えていた。

校舎の裏側は、すぐに山になっており、ふたごが森の中のことに詳しかった。山の中腹で、少しだけ空が開けた広場に連れて行ってくれた。

ほどよい木陰と風を楽しみながら、わたしたちは歌をうたった。季節はずれの「さくらさくら」や「春が来た」、場所が大いにずれている「富士の山」などなど。最初は唱歌集の『うたのほん』からとったものが大部分だった。そのうち、マリヤがわたしの知らない子守歌のような歌をうたい始め、チヨがそれに合わせて踊った。ふいに時間が止まったように感じられた。

傍らで、キヨシは木の幹に背中を預けて、ひたすら本を読んでいた。キヨシは、児童向けの『少國民の友』などまったく関心がなく、小《お》栗《ぐり》虫《むし》太《た》郎《ろう》や海《うん》野《の》十《じゅう》三《ぞう》の娯楽小説も卒業しつつあった。わたしは郷里の父に連絡して、本を見繕って送ってもらった。その中で、キヨシは、雪を研究する物理学者、中《なか》谷《や》宇《う》吉《きち》郎《ろう》が書いた赤版の『雪』に熱中した。

「雪の結晶は、天から送られた手紙である……そしてその中の文句は結晶の形及び模様といふ暗号で書かれてゐる」という一節を気に入り、大きくなったらハカセになりたい、と言った。

「雪ってどんなだろう。雹ならいくらでも降るけど、雪はぜんぜん違うと書いてある。結晶は六角形だけでなくて、宝石みたいな立体にもなるって！　満州に行ったら雪の研究できるかな」

野外でゆったりした気分になったせいか、キヨシは吃音をほとんど出さずに話した。

「満州よりも、北海道や東北地方の日本海側の方がずっと雪が降るそうよ」

「ハカセになるには、どんな勉強するんだろう。もっと勉強したいなあ」

「なれるといいわね。いえ、きっとなれるわ」

一方、ヤエコも教室とは違う表情を見せた。いつもぼーっとしている彼女が、頬を上気させながらわたしの手をとったのだ。

「先生、一緒に踊ろうよ。ここでなら、うたっても、踊ってもいいんだ」

「ここでならって、どういうこと？」

「校庭でやるなと言っているのに、マリヤたち、時々、やるでしょう。だから、先生、こういうとこに時々連れてきてくれるといいよ。やっぱり家族と遠く離れていると寂しくなるからね」

ヤエコはさらにキヨシの腕まで引いた。

「ねえ、本ばかり読んでいないで！」と、輪の中に引きずりこんだ。

わたしも、見よう見まねで踊った。

それは農村の盆踊りのようなものではないし、また、西洋的でモダンなものでもなかった。自分が草木になったように、ゆらゆら揺れながら、なにかを遠くから運ぶような仕草を繰り返す。そして、最後に、両手を使って指揮者のように、頭の上からすとんと落とす仕草をする。マリヤの歌は、唱歌にはない揺らぎのある音階だった。

やはり不思議な子たちだ。

森のざわめき。木漏れ日が地面に作る波のような模様。樹冠の隙間を次々と通り抜けていく雲。それらの中で、わたしたちは自然であった。読書ばかりしているキヨシも、斜に構えたところがあるヤエコも、ここでだけは子どもらしく笑顔を弾けさせた。

歌と踊りが途切れたとき、ヤエコが少しうつむきながら言った。

「あたし、先生みたいな先生なら、なってみたいかなあ」

「きっと、先生よりももっとしっかりした立派な先生になるわね」

「立派なのは嫌なんだ。先生くらいが、ちょうどいいな」

わたしたちは大きな声で笑った。

ザッと下生えを踏むような音が聞こえた。

「お待たせしたのであります」と大声を出したのは、「偵察」と称して姿を消していたシゲルとイサムだった。

「おーい、大漁であります」「いっぱい獲れたぞい」と威勢のよい声を張り上げた。

「ぶっといヤマメもウナギもおるぞ」「サワガニもぎょうさんおるぞ」

たしかに籠の中には、川の魚がたくさんいて、ぴちぴちと水飛沫を散らしていた。それを短い時間で獲ったかと思うと、わたしは自然とある言葉が口をついて出た。

「かっ……ぱ？」

「そうであります、我々は河童であります」とイサムが調子よく言った。

「村の人は、沢には入りたがらん。わしら、獲り放題」とシゲルが補足した。

「オトナになったら、こんな山をいくつも持てる地主になりたいもんですなあ」「そうですなあ。毎日、食べ物には困りませんなあ」ふたごは口々に続けた。

「すごいすごい」とはしゃいだ声をあげたのは、マリヤだった。

「わあ、村に持って帰ったら、交換してもらえるね。芋麺より、具雑煮の方がいいなあ！」とマリヤがいつになく子どもっぽく言った。

ザッと、もう一度、下生えを踏む音がした。今度はふたごの足音ではない。ヤエコがわたしに目配せをした。

「帰りましょうか」とわたしは言った。

下り道の途中、意を決してヤエコに聞いてみた。

「みんな疎開する前はどこにいたの？　ご両親はどうしているの？」

これまでは、直接聞くのを躊躇《ちゅうちょ》していた。

「うーん、それはねぇ」とヤエコが言いよどんだ。

ほとんど同時に、わたしは自分の足にぶつかってくる小さな体を感じた。

「トウコせんせい、こわい」と言うのはチヨだった。

「お山のりゅうじんさまが、せきをしてる」

チヨは木々の切れ間から空を見ていた。この土地から一番近い火山の方向だった。

すぐに地鳴りがした。いつもより揺れが大きく、わたしは背筋にひんやりしたものを感じた。

「お山が、怒ったかな」と言ったのはシゲルで、「チヨの龍神様がお怒りかもしれんな」

とイサム。そして、しーっと唇の前に指を差しだし、「さあ、もっと急ごう」と言ったのはヤエコ。

　地鳴りはもう鎮まっており、みんな無言で夕方の山道を下った。

　校舎に戻ると畑山氏が待っていた。

「園木先生、不用意に山に入られますと困りますな。村の者も遠巻きに見ておりましたが、正直、安全を守るのも一苦労です。わたくしたちの手に負えません」と述べた。

　口調はきびしかったが、なぜか畑山氏の頬はそげており、疲れて見えた。

「ほれ」「どや」とふたごが、川魚にみちた籠を差しだした。

「河童どもめ……」と言いつつ、畑山氏はずっしりとした籠を両手に抱きかかえた。重さを量るように上下させてから、ふたごに籠を戻した。

「村に持っていくがいい。喜ぶ者もいるだろう」

　歓声が上がり、子どもたちは教室を飛びだした。それで本日の学校は終わり、ということになった。

「ひどくお疲れのようですが、大丈夫ですか」と畑山氏に問うた。

「最近、蒸しますからな。そういえば、少々、気になることがありまして……。図工の時間にチヨが描いた龍神様が、敵性のものだったと里親が気にしておりました」

「はあ……」とわたしは、最初、気の抜けた返事をした。

　描いた絵は学校に置いたままだ。なのに、なぜ知っているのか。

わたしが抱いていた違和感のある部分が、一本につながった。

「監視、ですか。わたしたちの教室を、子どもたちを、ずっと監視されていたのでしょうか。村の人たちが、ずっと見ていたんですよね」

畑山氏は目を細め、微笑を浮かべた。

「監視ではなく、保護です。警護です。そのように仰せつかっている。園木先生の父上はなにもおっしゃっておられなかったのですか」

「いいえ、なにも。父が関係あるんでしょうか」

「父上らしいですな。世の多様さを園木先生に伝えようとされたのでしょう。その上で、この件をあえて伝えずにいたとは、父上はよほど娘さんを信じておられるようだ」

畑山氏は腕を組み、わたしをじっと見た。

「少々、話が入り組んでおりますので、信頼できる方をお願いしたかったのです。進歩的で知られる園木氏の娘さんならば、最善ではありませんか。少なくとも、わたくしたちの信教についてとやかく言われる心配はない。そして、あの子たちが多少、化け物めいていても、しっかり受け止める度量もお持ちでしょう。少なくとも父上はそうだ」

「化け物めいている、ですか。それはあんまりです。あの子たちは、そんなのではありません」

「そうですかな。ならばいい」

畑山氏は、背中を向けて歩き出した。校舎から村へ戻る一本道だ。

　思わず反論したものの、あの子たちに尋常ならざるものを感じていたのは事実だ。それでも、化け物だとか言うのは、絶対に違う。これは、子どもの頃から父に言い聞かされてきたことだ。異質な人たちを、鬼だの化け物だのと呼ぶと、その人たちがたとえ何者であれ、そのようにしか見えなくなる。そして、そのように呼ぶ側も、鬼や化け物になりかねない。

　畑山氏が坂の途中で立ち止まり、手招いた。そこには、小さな祠があった。畑山氏の指先が、祠の土台になっている古びた石を撫でた。複雑な紋様が彫られており、その中に巧みに十字が隠されていた。

「崩れ、と言いましてな。一人でも信者が見つかりましたら、集落全体が問われます。棄教か死罪か。近くでは、大きな崩れがあり、火山からほとばしる熱湯に体を浸《つ》ける拷問がありました。避けるには隠し通すしかない。もちろん、昔の話です」

　わたしは、言葉もなく畑山氏を見た。この人たちも、異質なものとして見られてきた。まさにそういう集落だったのだ。

「しかし、今はまた難しい時代です。敵性の宗教と言われまして、風当たりも強い。信仰を維持するために必要なのは――」

　疲れ切った顔つきとは裏腹に、畑山氏の眼光は鋭いものだった。

「必要なのは、取引ですよ。あの子たちの親らは、陸海軍の双方に大いに期待されていると聞きます。それゆえ、どちらにも属さずダイガクにて特殊兵器の研究をしているとか。子どもたちを引き取り育てることで、戦勝祈願とすること。それで、お目こぼしをしてもらっている。しかし、あの子たちは何者でしょう。村人たちは恐れています。国に睨《にら》まれるのも怖いが、あの子たちも薄気味悪い。そう思っておるんでしょう」

「あの子たちが、なんだっていうんですか！」

「小天狗、河童の類。怪異、化け物と言ってもよい」

「そんなことありません！」

やはり、どんな理由でも、そのように呼ぶのは許せない。

「まさに、園木のお父上のようですな。寛大なのか、あるいは鈍くていらっしゃるのか、先生はもう、あの子たちに痛い目にあわされたではないですか。それとも、人に傷つけられたら、更にその身を差しだすのですか。わたくしたちの信仰もそのように教えます。ただ、子羊の気持ちは揺らぐのです。先生には、くれぐれもあの子たちを導いていただきたい。山に入ったり、敵性の龍を呼び起こしたり、災いをもたらすそぶりがあったら止めていただきたい。監視とおっしゃいましたが、本来は先生が導いてくださる役割ではありませんか」

一瞬、激した眼光を、すぐに落ちくぼんだ目の奥に沈ませてしまった畑山氏は、なにもまして痛々しく、わたしはふうっと息をついた。

「わたしが、あの子たちを守ります。もっとよい教師になって導きます。敵性の絵などは、官憲に見つかれば、どんな仕打ちをされるか分かりませんもの。気をつけさせせます」

その夜から、雨が降り始めた。

西の海から湿気が注ぎ込まれ、半島全体が「水の繭」に覆われると、長く雨が続く。キヨシはそう言っていた。

つまり、梅雨の始まりだった。

「辰野清君は、ご父兄の意向で別のところに向かいました」とわたしは言った。

朝礼の時間、窓の外には久々に底抜けに青いからりとした空が広がっていた。

キヨシが学校に顔を見せなくなったのは、長く続いた梅雨がようやく明けた頃だ。一日二日ならともかく、さらに欠席が続いたものだから、家を訪ねることにした。キヨシの里親は集落のはずれに住んでおり、学校からは歩いて三十分以上かかるため週末を待たねばならなかった。

わたしはどこかから注がれる多くの目を意識しながら、起伏の多い道を歩いた。

キヨシが暮らしていた里親の家は、崖と海の間のわずかな平地にあった。わたしの下宿よりも小さいくらいで、質素というよりも、貧しいという方がしっくりときた。屋根や壁には所々、穴があった。周囲にいくつかある家もだいたい同じだった。すぐ近くに粗末な桟橋があったが、舟は一つも係留されていなかった。

わたしは村の貧困についてはじめてはっきりと理解した。

「ごめんください」

薄い壁に向かって大きな声で呼びかけたが、返事はなかった。

錠前のない母屋の戸を開けた。やはり、人がいる気配はなかった。

土間の奥には、薄暗い部屋の中、蠟燭立てが見えた。しかし、そこに蠟燭はささっていないのである。読書家のキヨシは、どうやって本を読んでいたのだろうか。

「キヨシ君、いる？　先生です。キヨシ君、いますか」

わたしは土間に転がっていた本を拾い上げた。『蠟燭の科學』という科学随想で、雪の本に続いてわたしが貸し与えたものだ。著者は英国の科学者だから、敵性の書籍と思われたのかもしれない。わたしは自分のことをそそっかしい「ソンキ先生」だと責めた。

「おらんよ。そこんちは、転んだ。ころんと転びよった」

ふいの声に驚いて振り向くと、年老いた女性がぶつぶつ言いながら家の前を通り過ぎるところだった。

「よほど怖かったとみえる。舟も流された。怖がるのも無理はない。しかし、やつらも腹黒い。海に出れんのを知って、川魚を持ってくる」

「すみません、おばあさん！」わたしは呼びかけた。

「ここにいたキヨシ君は、辰野清君はどこに行ったんですか。転んだって、どうなったんですか」

「……さあなあ、化け物小天狗が怖くなったということだろう。海軍か、陸軍か、睨み合っている者らのどちらかにつけば、きっと食うには困るまい」

年老いた女性はこちらを見もせず十字を切り、通り過ぎた。

その足でわたしは畑山氏に会いに行った。高台の学校のすぐ下にあるかなり大きな家だ。大きな声で呼ぶと、すぐに表に出てきて、なに食わぬ顔で、キヨシは転校したと言った。

「先生はご心配されていたと思いますが、辰野清君は、疎開先を変えることになりました。里親と一緒に長崎に行っておりまして、ご父兄と話し合い、決めたと、連絡がありましたので」と。

翌月曜日の朝、わたしは、その旨を、子どもたちに伝えた。

急な転校だが、このような時世だから仕方ない。読書好きで勉強好きだったから、どこへ行ってもきっとハカセになるだろう、努めて明るく付け加えた。

しかし、反応はというと……沈黙だった。あのふたごですら、黙りこくって、口をへの字に曲げていた。

「次は誰ですか」と聞いたのはヤエコだった。

「あたしたち、また連れて行かれるんですよね。次はあたしですか、マリヤですか。マリヤだったら、あたしが先に行きます。あの子はまだ小さいんです。お務めなら、あたしの方がいいんです。先生、あたしにするように言ってください」

「え……ヤエコさん、なにを話しているの……先生はさっぱり」

「トウコ先生は、違うよ」と言ったのはマリヤだ。「わかるもん。トウコ先生、知らないでここにいるもん」

「マリヤ……大人なんて」と言いかけたヤエコは、わたしを見てため息をついた。

「そうだよね、そそっかしいソンキ先生だものね。たしかに、知らされてないのかもしれない」

「だから、わたしはなにがなんだか……」

子どもたちはまた黙ってしまい、わたしは窓際のキヨシの席を見た。酷暑の教室でその周辺だけ、寒々しく感じられた。

窓の外に白い影が舞った。

ああ、鳩だ、とすぐに気づいた。

この集落には、鳩を飼っている家が多い。校庭にも鳩舎がある。はじめて来た日から、空に鳩が舞うのをわたしは見てきた。

しかし、この時は、ただそれだけではなかった。

鳩の羽音がしっかり聞こえたかと思うと、どんどん近づいてきた。脚環《あしわ》に紙が挟んであるのすら見えた。しかし、それは校舎の近くで急に方向を変え、集落の方角へと飛び去って行った。

「大きな知らせみたいだよ。たまにあるんだ。鳩が知らせを持って来て、寄り合いが始まる」

窓の外から集落を見下ろすと、村人たちがぞろぞろと表に出てきたところだった。村の取りまとめ役である畑山家の方へと向かっていく。ヤエコが言うことは、本当らしい。

ふと思い当たった。鳩はこのご時世、贅沢品だ。軍鳩として軍に献納しなければならないことも多い。なのに、この村に鳩がたくさんいるのは、無線に頼りたくない連絡の必要があるからではないか。連絡の相手は、陸軍か海軍の研究所、おそらくは両方、ということなのだろう。

「おかげで、しばらくこっちは静かだ」とヤエコは続けた。

「だから、先生、今なら話せるよ。ずっと聞き耳立てているやつも下りて行った」

「みなさん、見守ってくださっているんですよ」とわたしは返した。

教室がしーんと静まりかえった。

「先生……」おずおずと言ったのはまたもヤエコだ。

「先生は、人に騙《だま》されたことも、騙したこともないんでしょう。そういうのは、結局、いつか騙されて損するからソンキだよ」

「どういうことなのヤエコさん？」

「狐《きつね》じいからなにを聞かされた？」

ふたごが、「あはは、狐じい！」と笑った。マリヤとチヨさえ、くすっと笑った。

「みなさん、目上の人のことを狐などというものではありません」

そう言いながら、わたしも笑ってしまった。痩せ細った畑山氏は、たしかに狐のような風貌だった。

「だから、先生はなんて聞かされているわけ？」ヤエコがもう一度、問いかけた。

わたしは、聞き知っていたことをかいつまんで語った。要は、信教の問題で肩身が狭い集落が、疎開の子どもたちを預かった、と。さすがに「化け物」とは言えなかった。

ヤエコはため息をついた。

「肩身が狭いのはそうなんだろうけど……うん、先生にはもう話そう。信じてもらえるか分からないけど、たしかに先生が味方になってくれたら、マサルにぃやミツルにぃや、キヨシのようなことは防げるかもしれない。あたしたち子どもだけじゃ、なにもできないんだ」

「信じないね、オトナは信じない」ふたごが声を揃《そろ》えた。

「シゲル、イサム、しばらく黙ってな！」とヤエコは姉御肌《あねごはだ》の本領を発揮してぴしゃりと言った。

「あんたたちが先生にしたことを忘れたのかい。いくら、疑心暗鬼でも、ああいう試し方ってないよね」

そして、窓際のキヨシの席のあたりまで移動して、「先生、ここで待ってて」と言った。マリヤとチヨもわたしの隣に立った。

ヤエコは、紙を教室のどこかから見つけて持って来た。とはいえ、黄ばんだ裏紙だ。新しい紙は、最近、貴重で手に入らなくなっている。そして、教室に一組だけある色鉛筆をさらさらと走らせた。マリヤやチヨに質問をしては、ちょいちょいと描き足した。

出来上がったのは、空と海と陸があり、あちこちの雲から雨が落ちる様子だった。

「ことしの梅雨はそれほど雨が多くなかったけれど、これからたくさん降る。きょうの午後はこんなかんじだよ。嵐になる」

描かれた絵は、言われてみると、校舎から見た外の風景に対応していた。森や岬、水平線と空は一致する。ただ、日差しが強い今とは違い、雨らしきものが激しく降っていた。

「ヤエコさんは、絵が本当にうまいわね。学校の先生よりも、絵描きさんになれるんじゃないかしら」

ヤエコは一瞬だけ、顔を赤くした。

「トウコ先生は、すぐに分かったの？」言ったのはマリヤだ。「だから、お空の絵、描かせた？」

たしかに、わたしは、授業で「空の絵」を描かせた。その頃、海の方向にこの子たちの故郷があると思っていたからだった。

「あたしたちは、みな正直に描いたんだよ」とヤエコ。

「知ってほしいと思っていたのかもね。信じてもらえるかは別にして。でも、きょうはちゃんと、信じてほしい。これからとても激しい雨になる」

「でも、今のところ、いいお天気よ。夏ではなくて秋晴れみたいな空ね。わたしの知っている漁師さんは、こういう時は雨は降らないと言っていたわ。次の日や次の次の日の方が、雨になりやすいのではないかしら」

窓の外を見ても、空高いところに筋のようなうっすらとした雲があるだけで、雨雲はない。知っている漁師というのは、生家の酒蔵の杜氏だ。夏は漁撈《ぎょろう》にたずさわるため、天気には詳しかった。

「トウコ先生、それがあてにならないんだ」とヤエコ。

「この村は、入り江にあるでしょう。この空なら普通は晴れていても、風が入り江の向こう側を回ってくると、村に雨を降らす雲を作る。向こう岸の一本松から回ってくる風だよ。あっちで起きたことが、こっちに降る雨のもとになる。だから、漁師さんでもぎりぎりまで気づかない」

「うわーっと風が来て、うわーっと雲になるんだよ」とマリヤが補足した。

「でも、あたしたちには分かる。風が回り始めて、雲なんてまだ影も形もない時に、もう分かってる。だから、そのたびに言ってきた。漁に出たら危ないし、崖崩れにも注意。それから――」

またヤエコは色鉛筆の先をさらさらと走らせた。今度は校庭から見える山が、巨大な炎を噴き上げていた。

「これ、チヨさんが描いた火山の龍神様？」

敵性、と呼ばれたものだ。村人にとっては聖域の山の奥底に、そんな異形の龍が潜むとチヨは思っている。

「チヨは小さくてうまく説明できないんだけど、火口の近くを見ると分かるって。きょうじゃなくても、近いうちにすごく怖いことが起きるかもって。そういうの、たいてい当たるから。あたしたち、空を見てると、人に見えないものが見えるし、特にチヨは遠くのことを感じたりするから」

「千里眼みたいなもの？　先生はすぐには信じられないわ」

マリヤが、あの底知れない目でわたしを見ていた。すがるような、不安げな目だった。

「千里眼じゃなくて、目に見えるんだよ」とヤエコが続けた。「あたしが見てるのは、風の強さや向き。マリヤが見ているのは、空気が暖かいか冷たいか。そういうのが分かると、どんな雲ができるのかも予想できるもの」

「海からくるんだよ。こーんなふうにくるんだよ」

マリヤが大きく体を動かした。

掌を上に向けて、空気の上でなにかを運ぶような仕草をしたあとで、指揮棒を下ろすみたいに落とす。

落とすのは、雨と風か……。

ぽつんぽつんと雨粒が校庭を打った。

いつのまにか空が暗くなっていた。大きな雲に村全体が覆われているのだ。

窓から見える入り江に白波が立っていた。ふだんは凪《なぎ》の海面である。

すぐに土砂降りになった。

「あなたたち……」わたしは言葉を呑み込んだ。

マリヤが引き続き指揮者のように両腕を振りながら、「ひょうが、くる」と言った。

まずは天井に爆撃されたような音が響き、そして、校庭に白い塊がドカドカと落ちてきた。

言葉が出てこなかった。

この子、天気を、演奏している！

河童、小天狗、そして、化け物……。普通ではないと思っていたけれど、本当にこんなことができるなんて。

畏怖《いふ》の感覚が満ちた。畏《おそ》れるのか、怖がるのか。信じられないがゆえに、立ちすくむしかなかった。

「トウコ母さん、怖い！」と、チヨが抱きついてきて、我に返った。

「どうしたの、チヨさん」

「龍神様が寝返り打った」

ほとんど同時に校舎が揺れ、衝撃音がした。雹の轟音よりも激しかった。地震！　校舎どころか、地面全体が揺れている。

窓の外に見えていた校庭の平たい巨岩がなくなっていた。

ああ、地滑りだったのだ！　子どもたちが舞台のように飛び乗っていた岩が落ちてしまった。それどころか、校庭が半分なくなっていた。

足から力が抜け、わたしはチヨを抱いたまま膝をついた。

この子たちは……何者？　チヨの体を引き離してまじまじと見た。

「先生、雨が小降りになった」

耳元でヤエコの声が聞こえた。

「あたしたちのこと、どう思った？」

わたしはまだ肩で息をしていたと思う。鼓動も早鐘のようだった。

「でも、時間がない。また来るよ。嵐になって、あちこちが危なくなる」

「ヤエコさん」わたしはやっと声を出した。

「あなたたちが、したの？」

「まさか。あたしたちは、ただ、分かるだけ。また入り江の中の嵐が来るし、もっと危なくなる。キヨシの里親さんちの近くが一番、危ない」

わたしは、チヨを抱いたまま、片方の手で自分の胸を押さえた。早鐘のような鼓動はそのままだったけれど、同時に胸元の小さな膨らみに熱を感じ取った。

父がわたしにくれた酒精の宿るガラスの瓶。足を傷だらけにしながら、子どもたちが医院まで届けてくれたお守りだ。指先でぎゅっとつまむと、次第に鼓動が元に戻ってきた。

すると、腕の中のチヨがまだ震えていることに気づいた。唇が青くなるほど、ぎゅっと噛みしめていた。

ああ、なんてことだろう。一瞬でも、この子のことを恐れた。化け物という言葉を頭に思い浮かべてしまった。

けれど、この子だって怖いのだ。こんなに震えて、心底、怖いのだ。

「マリヤさん、一緒にいてあげて」

わたしは、まだ震えているチヨを引き渡した。

「伝えに行きましょう。キヨシさんの家のあたりには、いくつも小さいお家が建っていたわ。あのあたりぜんぶが危ないのね？」

ちょうど訪ねたばかりだ。土砂崩れがあればひとたまりもないのはすぐ分かった。

急がなければ。でも、膝に力が入らない。ヤエコに手を引いてもらい、わたしはなんとか立ち上がった。

＊

「いつも同じなんですよ。あたしが聞いた限りでも、こういうことが何度も何度も起きたんです。古い時代も、比較的、最近でも、あちこちで似たことが」

風通しのよい小部屋で、黒髪で色白な若い女性が言った。それまで、聞き役に徹していたが、ここにきて、にわかに力の籠もった語調だった。

「龍のうろこに護《まも》られる、という伝説があるそうです。特別な力を持っているがゆえに、龍神の加護を受ける一族、だとか。でも、実際、そんなのありません。調べれば調べるほど——」

身を乗り出しかけた若い女性は、そこで言葉を止めた。

髪の白い老婦人が、うっすら目頭に涙を浮かべていた。

「あの、すみません、なにかお気に障ることでも……」

「いいえ、思い出していただけ。あの子たちには、伝えなければという強い信念があったの。とても崇高なものだったわ。けれど、それが誤解の元になる。やりきれない。今でも胸が苦しくなる」

「ええ、分かります」

若い女は言い、ため息をついた。

「結局、同じことが起きていたんですね。その時、その半島でも。そして、そのあとも——」

＊

「みなさんは自習を続けてください。わたしとヤエコさんが、村の人に危険を知らせてきます。校舎にいれば、みな安全よね？」

わたしはヤエコやふたごたちに確認した。

「おれらが、守るであります」とふたごたちが口々に言うのが頼もしかった。

わたしは、ヤエコに手を引かれるまま校舎を出た。

目指すは畑山家。彼なら、危険に応じて必要な策をとってくれる。そのことは、ヤエコにも分かっている。

学校の丘の崖崩れは、表層だけというより、山体自体が壊れたというのに近かった。土砂が畑を埋め、川をせき止めていた。見慣れない新たな池まで現れていた。

走り通してたどり着き、玄関から声を掛けようとしたところ、脱ぎ捨てられた草履の多さにたじろいだ。ヤエコに服を引っ張られ、わたしは畑山家の横側に回りこんだ。そこが集会所になっているようだ。薄い壁を隔ててはっきりと人々の声が聞こえてきた。

断片的とはいえ、内容は推測できた。

――脚環の指示は、二つ。一つは逃亡者を見つけ出せ、とのこと。辰野清は引き渡しの直前に逃げたという。もう一つは、村から、これ以上、逃亡させるな。軍部は怒っている。

――やっかいごとを抱え込んだ。なんの因果でこのような目にあうのか。崖を崩し、畑を埋める輩《やから》など出ていってほしいものなのに。

――凪の海に嵐を呼ばれたことを思い出せ。舟を失って、一本松の連中に助けられる失態。いいことなど何もない。

――おなご先生は、本当に教員なのか。密命を帯びてはいないか。あの化け物小天狗たちの側に寄りすぎているであろう。

化け物、という言葉がはっきりと聞こえた時、とっさにヤエコの耳を両手でふさいだ。でも、ヤエコはすぐに手を振りほどいた。

「地滑りも、嵐も、あたしたち、分かるから伝えようとしたんだよ。でも、信じてもらえなくて、いざ、本当に起きたら、あたしたちのせいにされた」

ヤエコは静かに笑い、首を横に振った。ああ、この子は知っているのだ。自分たちがこの村でなんと呼ばれているのか。小天狗や河童どころか、もっとひどい言葉が張り付けられていることを。引き結んだ口元は、十一歳の女の子には思えない、大人びた様子だった。

子どもが早く大人びるには理由がある。つまり、そのように振る舞う必要があったからだ。子どもらしくいられる環境がなかったからだ。父のいる家に守られてきたわたしの方が、ずっと長く子どもらしい時間を過ごしてきたに違いない。

さらに、集会の声が響いてきた。

——本土決戦となれば、殺せというのはどうなのだ。わしらには荷が重い。すぐにダイガクに引き渡してしまった方がよかろう。

——雨風を操る気象兵器と聞いたぞ。わしらの手には余るではないか。あれらは、さたんの類であろう。

さたん、という言葉に応じて、場がざわついた。

「皆の者、静粛に！」と畑山氏の声がした。それでも、ざわめきはやまず、わたしたちには聞き取れないまま、議論は沸騰していた。

胸のお守りがまた熱くなっていた。わたしは、指先で触れながら、ふうっと息を吐き出した。そして、ふたたび息を吸い込むと、思い定めた。

この子たちを、守らなければならない。なぜなら、教師だから。

わたしはもう一度、ヤエコの横顔を見た。

そして、ぎゅっと頭ごと抱いた。

「うっ、先生」とヤエコがうめいた。

「ごめん」と言いながら、わたしは熱い感情を御することができなかった。

この子たちは、どれほど肩身の狭い思いをしてきたのだろう。想像するだに余りある。地元の子と同じ学校で学ばないのも、農作業に加わらないのも、つまりは、化け物扱いされているからに他ならない。

わたしは、もう迷いなく立ち上がった。

「あなた方は、どういうつもりなんですか！」と叫んだ。

「この子たちを守るのではないのですか。子どもたちは、あなた方のことを心配しています。嵐になれば、崖崩れがあると伝えに来たのです！　舟を出すのも危ない。みなさん恩を仇《あだ》で返すのですか！」

集会所がにわかに静まった。そして、通気のために開けてある小さな窓の向こうに次々と人影が現れては消えた。

「不吉なことを言う。禍《わざわい》をもたらしているのは、おのれらだろう。舟が何艘《そう》流され、どれだけの畑が埋まったと思う」

「恩を施しているのは誰か。化け物小天狗に食事を与えてきたではないか」

「お上《かみ》は、切り刻んで研究すべきだと考えているというぞ。この子らに同情は禁物」

誰の言葉かは分からなかった。大人が子どもに向ける言葉として、あまりに心ないものであり、怒り心頭に発した。

「いい加減にしなさい！　聞き苦しい。こちらが女子どもだからって、好き勝手言わせるわけにはいかないわ。わたしは教師です。子どもたちを守る義務があります」

「教師？　あんたのところは、正式な学校なんかなあ。一本松の本校に行ってみぃ。誰も分教場のことなんか知らん。そこは、異形の子を隠しておくための場所だわ。思い上がっておるのは、先生の方ではないかねえ」

わたしは、言葉に詰まった。戦時の混乱で、正式な赴任というのがいかなるものか分からなかった。そもそも、紙に書かれた辞令も受け取っていなかった。

「先生は、先生です！　あたしたちのことを考え、村のことも考えています。園木先生は、素晴らしい人です」

低く抑制された声で言ったのはヤエコだった。ずっと背後に立っていたのが、ふいにわたしを守ろうとするかのように前に出た。

「これからまた嵐が来るので落石、崖崩れに気をつけてください。あたしたちが言っても漁に出て流されたのは、あたしたちの責任なのでしょうか。お山も動いています。近く噴火があるかもと心配です。とにかく気を付けてください」

ヤエコは鋭く言い放つと、わたしの耳元で「行こう」とささやいた。

帰り道、わたしは村の子どもたちを久々に見た。分教場のわたしの子どもたちと変わらず、痩せて、みすぼらしかった。本来なら、仲良く遊び、親しくなるべき年頃だ。しかし、彼らの顔にははっきりと敵意が浮かんでいた。いや、怯《おび》え、恐怖といった方が近い。

子どもたちは一定の距離より近づこうとせず、投石してきた。泥にまみれた石で、わたしたちの服はたちまち汚れた。

すぐに次の豪雨が始まり、怯えに染まった村の子どもたちは散った。わたしたちは衣服の汚れよりも、むしろずぶ濡れになったことを気にしなければならなかった。

歯を食いしばるヤエコに、わたしは「あなたたちは、天使だわ」と繰り返し言った。

なんとか、校舎までたどり着いた時、さっき聞いたよりもずっと大きなドーンという衝撃を感じた。またどこかで大きな崩落があったのだ。被害が出ていなければよいと祈るよりなかった。

下校時間近く、畑山氏が肩を落として、校舎にやってきた。

「きょうは、みなさん、里親のところに戻らない方がいい。園木先生、あなたも、ここで過ごすことです。当座の食料なら倉庫に蓄えがあります」

ただそれだけを言うと、彼はそそくさと出て行った。信仰篤《あつ》き者として、心中複雑だったのだろう。食料が学校の倉庫に蓄えてあるというのも、時世を考えると不思議なことだ。彼は少し前からこの事態を予想し、準備をしていたのかもしれない。

わたしは、その夜、蠟燭の明かりを灯した教室でそれぞれの身の上を聞いた。

この集落に身を寄せた子どもたちの出身はたしかに様々で、九州だけではなく、四国や本州の西側各地に散らばっていた。彼らはもともとは同じ一族の出で、気象を予測する力を持ち、古くから重用されてきた者の末裔《まつえい》だという。ある時から散り散りになり、それぞれ居着いた場所で息を潜めるように暮らしてきた。しかし、戦時下において、天気を読む力は得難い。ひとたび能力が知られると、父母ともども「お務め」に出るのは愛国的な精神の発露とされ、軍部も子女に対して安全な里親を斡旋《あっせん》したという。そのうちのひとつが、この村だった。陸軍と海軍の綱引きの結果、長崎の「ダイガク」と呼ばれる組織が、直接的な窓口になった。子どもたちは父母がダイガクにいるか、そこからどこかに派遣されていると思っていた。

これは、わたしが、子どもたちの話をつぎはぎして理解したものだ。系統だてて語れる子はいなかった。なにしろ年長のヤエコ、シゲル、イサムですら十一歳なのだ。いざとなったら、ダイガクに行けば、母さんに会える、あるいは、父さんに会える。子どもたちは口々に言った。

「最初は父さんがお務めをしたけど、足りなくなって、母さんまで出た人もいるし、それでも、足りなくなって、マサルにぃとミツルにぃも連れて行かれた。今度は、キヨシ。年長の男の子の方が使いやすいんだって。女の子はすぐ泣くからかもね」とヤエコですら直近の出来事を語るのが精一杯だったのである。

切り刻んで研究する。そんな不穏な言葉をもれ聞いたのは、畑山家でのことだ。長崎、ダイガクという言葉と一つながりにすると、不安な気持ちが膨らむ。消えたキヨシの行方が分からない今はなおさらだ。

嫌な考えを振り払い、わたしはひっかかっていたことを聞いてみた。

「なぜ、キヨシなの。年長からなら、シゲルとイサムの方が先でしょう」

「シゲルとイサムは、残念ながら力が弱いのであります！」「空を見る力も、見た物を読み解く力も、足りぬのであります！」とふたごがおどけて口々に言った。

そんな話を聞くうちに夜は更けていった。

お腹がすくと、倉庫に備蓄されていた芋をふかして食べた。そして、やはり倉庫にあった布きれを床に敷きつめて寝床をこしらえた。一本だけ灯していた蠟燭を吹き消すと同時に、外からぼんやり赤っぽい光が差し込んできた。

いつの間にか校庭や校門のあたりに松明《たいまつ》が灯されていた。灯火管制を気にしなければならない都会ではないとはいえ、なぜ？　という思いが残る。

「あたしたちが逃げないように」とヤエコが言った。

「わたしたちが逃げたら、みんな怖いんだよ」とマリヤ。

シゲルとイサムのふたごが校庭で布球を投げ合う歓声が聞こえてきた。あの二人は、こんな時も、夜の校庭という非日常を楽しんでいるようだ。さらに言うなら、マリヤとチヨは、里親のところがよほど肩身が狭かったのか、明らかにうれしそうだった。「授業が終わったら、夜の間だけ、トウコ母さんって呼んでいい？」などと聞いてくるのである。

「みんな、注目！　わしら、諜報活動をしてきたであります」とふたごのシゲルが校庭から戻ってきた。

「村から、こっちを監視しております。隠れてではなく、はっきりと姿を見せていたであります」と後から来たイサムが続けた。

「それとです、トウコ先生、手紙が来ておりました」とシゲルが言った。

「校門の郵便受けにささっていたのです。大事なものではないかと推察いたします」とイサム。

諫早の父からの手紙だ。わたしは短絡してそう思った。筆まめな父だが、わたしが赴任してからは、本を見繕って送ってくれた以外、便りがなかった。かわいい子には旅をさせろの精神で、娘のことは放置しているのだと思っていた。

封筒の宛名には、園木董子様とあった。筆跡は、明らかに父のものではなかった。

松明の明かりの中で開封すると、殴り書きのような一文があった。

〈不要な嵐を招けば、さたんの子は清浄なる火で焼かれよう〉

率直に言って、背筋が冷えた。書いたのが誰にせよ、直接的な悪意には心を削られる。

わたしは、あえて子どもたちに見せなかった。

「あの人たち、あたしたちが嵐を起こせる物《もの》の怪《け》だと思ってるんだよね」ヤエコがぽつりと言った。

「あたしたちには、そんな力ないのに。ただ、見えるだけなのに。母さんが、言ってた。物の怪は、人の心に棲むって。いったん取《と》り憑《つ》いたら、なかなか落ちないって……」

その日の夜、わたしたちは布きれの布団で眠りについた。

小さなチヨは、わたしにぴとっとくっついた。「トウコ母さん」と言いつつ、すぐに寝息を立てた。

真夏の夜に子どもが体を寄せてくるのは、蒸し暑かったが、わたしも疲れを感じ、すぐに眠ってしまった。


目が覚めたのは、やはり暑さのせいだった。

暑いというよりも、熱い。

バチバチと爆《は》ぜるような音がしており、窓の外が赤かった。

燃えているのは、鳩舎だった。

羽ばたきの音は聞こえず、鳩はもう逃げたか、焼け死んだかしたのだろう。さいわい、校舎からは離れており、火が燃え移る可能性は薄かった。子どもたちの眠りは深く、誰も気づいていないようだった。

わたしは、あえて起こさず、火の様子を見ていることにした。次はおまえたちだ、と言われているかのような、悪意と監視。わたしにあてられた手紙同様、わたしは子どもたちに見せたくなかった。

強い雨が降り始め、火の手は弱まった。わたしは、ほっと一息ついた。

それでもまんじりともできず、やがて明るくなってきた教室で、お守りの小瓶を空に掲げながら、わたしは人智《じんち》を超える力について思いを馳せた。

お守りの小瓶を通して見ると、背景にある単調な雨雲に、液体の対流が刻印されて見えた。この子たちにとって、空とはいつもこのようなものなのだろうか。のっぺりしているようで、実は激しく渦巻いているのだろうか。だとしたら、それは、わたしたちが知っている空ではない。

むしろ、なんというか——。

「てんくう」という言葉が口をついて出た。

天空。この子たちは、天空を見る者。

考えてみると、不思議な言葉だ。天というのは、宇宙というか、カミサマがいる天上のような響きがある。一方、空は、目に見えている青空とか雲とか、そういうものだ。

微妙にずれている。それらを一つながりにして声に出してみると、目に見える空を超えて、遠く高い、カミサマがいる世界につながる気がする。

わたしは、今度は教室を見渡した。

子どもたちは、布きれにくるまったり、跳ね上げたり、滅茶苦茶《めちゃくちゃ》な寝相で眠っていた。いくら大人びていても、こんなところは子どもだ。

それでも、特別な子どもたちだ。天空の子らだ。

空を遠くまで見て、天気を語る力を持っている。天気図だとか、気圧配置だとか、そういうことを考えずとも、これからどんな天気になるか言い当てた。おまけに、小さなチヨは、山の動きまで分かるというのだ。西洋の龍神様、わたしの目には怪獣に見えるものが火を噴く絵を描いた後、チヨはとても熱いものが来る、と言ってしばしば怯えた。

ひょっとすると……。チヨは鳩舎の火事も予見していたのではなかったか。描いた絵の中の龍は、小さな翼を持っていた。それが鳩を暗示していたのでは？

さすがに、それはないだろう、と思いつつ、こんな不思議を、父やまわりの学究肌の人たちはどう思うだろうと考えた。

もちろん、気象観測はれっきとした科学だ。雲の種類を分類したり、あちこちの気温や湿度や気圧、風向風速を測って図にして天気を予測する。また、火山観測も立派な科学だ。火山性の瓦斯《ガス》や溶岩を研究する人もいるし、火山が揺れる動きを記録して噴火を予知しようとする研究者もいる。

ならば、この子たちは、素のままの状態で、科学者と同じなのではないか。キヨシが雪の不思議に惹《ひ》かれ、遠い雪国を夢見るのも、素のままの科学ゆえなのではないか。

「先生！」という悲鳴に似た声で、わたしは我に返った。

マリヤの声だった。見わたすと、まだ眠っているのは小さなチヨだけだった。

「鳩、死んじゃった？」とマリヤが涙目で聞いてくる。

胸が痛み、わたしはマリヤを正視できなかった。マリヤは、キヨシと一緒に、鳩の世話をしてきた。愛着もあるだろう。わたしは「鳩は全部逃げたのでしょう」と言うよりなかった。

「先生、先生、大変であります！」

シゲルが雨の校庭に出て、こちらに大声で話しかけてきた。

「鳩舎だけでなく、村の方でも家が焼けているのであります」とイサムがたたみかけた。

驚いて、わたしも外に出た。そして、岩舞台があったあたりから丘の下を見た。

丘の下の一角が見事に焼けていた。大きな敷地の中の一軒家がまるまる燃え尽きたようだ。

つまり、畑山家。

わたしは、混乱して立ち尽くした。

首からロザリオを下げた畑山氏は、この村の中心人物だ。なのに、いったいなぜ？

鳩舎に火をつけたのと同じ者がやったのだろうか。

　隣に、ヤエコとマリヤが立っていた。肩を並べて村を見下ろした。

「ヤエコさん、マリヤさん、畑山さんのことを狐と言いましたよね。あの人は、悪い人でしたか」

「うーんと、悪い人というか……」ヤエコが口ごもった。

　一方、マリヤはすっぱり言い切った。

「いい人だよ。わたしの里親さんが叩いた時に、そんなのはいけないって言ってくれたもん」

　マリヤは単純にして、深い。

　畑山氏は、わたしたちと村人たちとの間に入り、とりなしてくれていた。板挟みになって、どっちつかずの顔をすると、たしかに狐に見える。そういうものだ。不満を持った村人にとって、丘の上の子どもたちも畑山氏も、同じくらい苦々しく思えたのかもしれない。

　理解できないものは怖い。ああ、そうか、物の怪は人の心に憑く。化け物と呼んだ者の方が、化け物になる。

　畑山氏の安否が心配だが、わたしの役割はそこにはない。この子たちを悪意から守り、教室を維持していくことだ。女子師範を出たばかりの新人、おなご先生でソンキ先生にはあまりに荷が重い。今すぐ父に連絡して、相談したい。本当に小さな女の子に戻ったように心細い。それでも、この小さな世界で、わたしだけが子どもの側に立つ大人だ。

すーっと白いものが横切った。

ばさっと羽音をさせて、黒こげになって崩壊した鳩舎の上に舞い降りた。白い鳩だった。

ああ、生き残っていたんだ！　ならば、あの鳩を使えないものだろうか。

「ねえ、マリヤさん、逃げた鳩が戻ってきたわ。あの鳩に手紙を持たせて飛ばせないかしら」

「うわーっ、生きてたあ！」とマリヤが跳びはねた。

その隣で、ヤエコがそっと寄ってきて「先生、伝書鳩は、鳩舎に戻ってこられるだけだよ。ここから好きなところに飛ばすのは無理だよ」と言った。

ああ、そうだ。子どもでも知っていることだ。

はあっ、とわたしはため息をついた。

「先生、鳩が！」とマリヤが大きな声で言った。

「トウコ先生、あの鳩、脚環に手紙が挟まってるの。取ってきていい？」

手紙？　まさか父からの？　いや、そんなことがあるはずはない。

わたしが返答できずにいる間に、マリヤはさっと走って取りに行った。そして、その手紙を広げ、こちらに振るように走ってきた。表情が輝いていた。

「キヨシからだよ！　キヨシは元気だって！」

マリヤがわたしに手紙を渡した。

〈拝啓、園木先生。みなさま。辰野清は達者です。途中、大変な困難があり、回り道をしましたが、もうじきダイガクに到着できます。もしも、大変なことがあれば、ぜひみなさんもこちらへおいでください〉

昨晩の気味の悪い手紙とは違い、こちらは間違いなくキヨシの筆跡だった。黒いセルロイドの眼鏡の奥で目をしばたたきながら一文をしたためた姿すら想像できた。畑山邸で聞いたことを考え合わせると、キヨシは追われている立場であり、「大変な困難」というのが気になった。しかし、鳩まで連れて行ったというのは、素晴らしい機転だ。とにかく無事でよかった。もしダイガクというのが追っ手に対して中立なら、当面の無事も保障されるだろう。

わたしは、雨に濡れた手紙を折りたたみ、「まあ、みんな、びしょ濡れね」と明るく言った。

「みんな教室に戻って、服を乾かしましょう」

わたしは頰を伝う雨水と一緒に、少し泣いた。心細さと、キヨシの消息が分かった喜びとが、ないまぜになって、自分でもよく分からなかった。

生きなければならない、生活しなければならない、そして、教え、学ばねばならない。ここは学校なのだから。わたしはそのように念じた。

まず、命を保つのは、備蓄の薩摩芋が基本。ふたごたちが山に入って、パチンコで雉《きじ》を撃ったり、川魚を獲ってきた時には豪華な鍋になった。

また、わたしは、できるだけ予定を変えずに、教壇に立った。

教室で授業ができれば、とたんに学校の日常は回り始める。子どもたちには日々の繰り返しと規律が必要だったし、誰よりもわたし自身が「教える」ことで自らを保っていた。だから、夏休みの時期になっても、教壇に立ち続けた。

授業は、算数や国語が中心だった。一方で、しばしば、わたしの方が教えを乞うことも増えた。なにしろ、この子たちは、空の専門家なのである。マリヤに言わせれば、天気は天空で繰り広げられる活劇だ。目には見えない大小様々な龍神様が世界じゅうに満ち満ちている。遠い西の海から龍神様がやってくる時には、長い長い道中でどんどん水を集めてくる。

「龍神様にも、子どもと大人がいるんだよ」とマリヤは言った。

子どもの龍神様が海から水を吸い上げて大きくなりながらやってくると、陸地にでんと居座った大人の龍神様にぶつかってその上に乗り上げる。そして、どんどん高く昇っていく時に雲を稔らせる。その勢いはすごいけれど、やがてぶつかる天井があるのだそうだ。

「龍神様にも行けない高い空があるの。だから、雲が高くなったら、平らになって横に流れるでしょう。雨や雹はそこから落ちてくるんだよ」

マリヤの説明は目で見たものを基本にしており、たぶん気象の専門家が聞けば、科学的な言葉で語りなおしてくれるはずだ。校舎と校庭のほか外に出られない閉塞感のつのる日々、わたしたちは雲を数え、とりわけ大きく成長したものが、花開くように広がったり、帽子をかぶった人のような表情になったり、様々な姿を取るのを見て楽しんだ。雲というのは、ひとたび興味を持てば、いくら見ていても飽きない。

次第に減っていく食料の不安はあったものの、わたしはこの時期、命を保ち、楽しく生活し、教え、学ぶことをなんとか実現できていたと思う。このまま村の人たちが、誤解を解いてくれるまで、持ちこたえられればいいと期待もしていた。

実際、夜通し松明を焚いての監視が、ある時からなくなった。ふたごが山で獲った川魚や沢ガニを、村まで持って行って、野菜と物々交換することにも成功した。村の方も、不作のためか、相当、貧窮しているようだ。今は排斥するのではなく、この子たちの力を使ってくれればいいのに！　本気でそう思っていた。

歯車が狂ったことに気づいたのは、みんなが寝入った頃、水平線に近い月の光に照らされた教室に、うーんうーんとうなされる声を聞いた時だ。疲れたと言って、はやく就寝したヤエコとチヨだった。心配になって額に手を当てると、二人とも高熱を発していた。口の中には白いカスのような斑点が散っているのが、月明かりにも分かった。

わたしは、二人を教室から抱え出して、狭い準備室に布きれを敷いて横たわらせた。

素人でも病名は分かった。

はしか、である。

強い感染力を持った、重たい病気だ。世間では、はしかにかかったようなもの、という言い回しを軽々しく使うけれど、はしかで亡くなる人は多い。この栄養失調の時代にはなおさらだ。

わたしは子ども時代にかかったことがあるので免疫がある。また、マリヤも小さい頃にかかったそうで、看護には戦力になってくれた。高熱で震えながら「かあちゃん、かあちゃん」とうわごとを言うチヨの背中をさすってくれたのはマリヤだった。

「トウコ先生、わたし、大きくなったら、カンゴフさんになりたいんだあ」とはじめて、将来の夢を語ったのもその時だ。

「マリヤさんは、いいカンゴフさんになれるわね。とてもよく気がつくから」

わたしが言うと、マリヤは大きな深い瞳の奥から感情をこぼれさせて笑った。

そうだ、教師は、子どもの将来の夢をかなえるために力を貸さなければならない。ヤエコは教師に、ふたごは大地主に、キヨシはハカセになりたいと言った。小さなチヨもいずれは、なにかを見つけるだろう。こんなところで、病気で倒れさせてはいけない。

「チヨは、みうろこが出るといいんだよ」とマリヤは言った。

背中をさする手を止めて、時々、凝視した。

「みうろこって、なに？」とわたしは聞いた。

「それは、言い伝えなのであります」と教えてくれたのは、シゲルだ。

「みうろこは、龍神様の加護なのです。しかし、やっかいです」とイサム。

一族は、何か危険が迫ると、みうろこ、つまり、龍のうろこで守られる。守られるといっても、それが出てくるのは大抵悪いことが起きた時で、あまり歓迎されない。みうろこが見えたなら、それを剝ぎ取って処分すると、禍は去る。

子どもたちが言うくらいだから、きっとこの子たちにとっては、よく知られた言い伝えなのだろう。でも、残念ながら、マリヤはチヨの背中にみうろこを見つけることはできなかった。

翌朝から、授業は休講にした。生きる、生活する、教える、学ぶ、のうち、いきなり「生きる」が問題になってしまった。そして、わたしは久しぶりに校舎の丘を下った。白昼堂々と、あえて姿がはっきり見えるように。胸を張って歩いた。

坂の下には土嚢《どのう》が積んであり、出口をふさいでいた。土嚢の上に手紙を置いて、石で押さえた。「病人が出ました。医師に診ていただく必要があります」という主旨のものだった。入り江を渡って一本松まで行けば医者がいる。子どもが病気なのだから、早く診せるべきだ、と。

周囲はしんと静まりかえっていたが、出入り口となるこの道だけは誰かが監視しているはず。案の定、手紙はすぐに開封されたようだ。ほんの十分後に戻ると、返事があった。わたしが書いたものを燃やす、という形で。病気の子どもたちを、彼らは見捨てるというのだろうか。

夕方、滝のように汗をかいたふたごが、どこからか戻ってきた。わたしは彼らが出かけていたのにも気づいていなかったのだが、二人しか知らない険しい道を通って集落まで行ってきたのだという。

「我々は、斥候の任務を果たして参りました」とシゲルが言い、

「村では、流行り病のせいで、大人も子どもも伏せっている者が多いようです」とイサムが続けた。

「そして、その流行り病は、我々のせいにされているのであります」とシゲルが締めた。

逆だわ、とわたしは口の中でつぶやいた。人から人へとうつる病の流行は、外との接触がないと始まらない。伝染したとするなら、物々交換で接触した時、村人から子どもたちへうつったに違いなかった。

「熱い、熱い、お母さん、燃えるよ」

夜明け前の時間帯、チヨは高熱を発する体をわたしに密着させながら言った。

最初は、チヨがまた、火を噴く龍神様の夢でも見ているのだと思った。チコは体も熱かったし、うなされる夢も、火龍にまつわるものが多かった。

しかし、この時は、バチバチと本当になにかが燃えて爆ぜる音が聞こえてきた。煙の臭いがはっきりと漂ってきた。

鳩舎の時とは違う。今回は、むしろ、校舎が燃えているのではないかとわたしは直観した。

チヨと添い寝していた準備室を出て、急いで確認したところ、渡り廊下の向こう側にある倉庫で火の手があがっていた。芋の備蓄所であり、校舎そのものではないが、延焼が心配だった。

ちょうど起きてきたふたごとマリヤに、雨水の貯水槽からできるだけたくさん水を汲《く》んでくるようにと言いつけた。汲んできたものを片っ端から倉庫にかけたが焼け石に水だった。

「トウコ先生」とか細い声が聞こえた。

ヤエコが準備室の扉から顔を出していた。ヤエコは、チヨよりは体力があるせいか、順調に快復していた。一時はたくさん出た発疹《ほっしん》もかなり落ち着いた。「あたしは、みうろこが剝がれたんだよ」とヤエコは言っていたが、どのみちわたしには見えなかった。

「風向きはどうなるかな。朝には今と逆になるんじゃないかな」とヤエコ。

「分かるの？」

「別に特別なことじゃないよ。夜は海風、昼間は陸風って、普通でしょう。今、風は逆だけど、日が出た後は……ねえ、マリヤはどう思う？」

マリヤは、だまったまま、首を横に振った。

「先生、のんびりしてられないよ。どうしよう」

ヤエコと目を見合わせ、はじめて事態が切迫していることに気づいた。

「ヤエコさんは、チヨを背負える背負子《しょいこ》を探して。マリヤさん、倉庫から出してある芋、茹でて火を入れておいてください」

　なにはともあれ、命の心配、食べ物の心配だった。薩摩芋は加熱しておかないと苦い。それに、人間が取り込める栄養も加熱した方が増える……。

「シゲル君とイサム君は、校舎が焼けても外で寝られるように、布きれをまとめておいて」

　やがて校舎がある丘の向こう側、東の空が明るくなってきた。凪が変わるよりも前に、無風の凪が訪れた。

　たったそれだけで火が猛々《たけだけ》しく変わった。

「トウコ先生……」とマリヤがわたしの袖を引いた。

「ダイガクに、行こうよ」

「ダイガクって……」

「お父さんお母さん、それにキヨシがいる長崎のダイガクだよ」

「マリヤさん、そこは遠いわ。たくさん歩かないといけないのよ」

「でも、トウコ先生……」

　マリヤはイヤイヤをするように首を振った。

「マリヤが言うなら、そうした方がいいよ」とヤエコ。

「どうせ、もうすぐ校舎も燃え始める。監視しているやつらもどうやら余裕がなさそうだし、それにあたしたち、言われているんだ。父さんや母さんも、最後にどうしようもなくなったら会いに来いって」

「無理よ、ここからどれだけかかると思う？　ヤエコさんだって病気でしょう。なのに、二日くらいは歩き通しになるわよ。第一、坂道の途中に土嚢が積まれていて外に出られないわ」

「チヨは、先生が背負える？　あたしはちゃんと自分で歩ける。あとは、シゲル！　イサム！　山の中の道から、一本松に出る方法あるよね」

「我々は、普段から、斥候をしているのでありますから」とシゲル。

「お山の小天狗でありますから、当然、山の中の道は熟知しております」とイサム。

二人とも、この時ばかりは頼もしく思えた。

校舎が本格的に燃え始め、教室の中にも煙が充満した。わたしたちはその前に、食料や布きれを背嚢《はいのう》に詰めて、なんとか持ち出すことができた。わたしは、ぐったりしているチヨを背負子で背負った。図工の作品などが焼けてしまうのは心残りだが、仕方なかった。わたしは、荷物にならない週案と日誌を持ち出すだけに留めた。

「トウコ母さん、熱いよ。熱い火から逃げて」

チヨはずっとうわごとのように言い続けた。

わたしたちは、ふたごの先導で、山の中に入った。途中までは遠足の時と同じだったが、すぐに細い道になった。ふたごは、どこから持ち出してきたのか、山刀を腰に差して、蔓《つる》などがあるとぶった切って、ずんずん進んでいった。

ふだんは、おちゃらけている彼らが、こんなところで立派に皆を率いてくれるとは。だてに、山野を走り、沢を渡り歩いていたわけではない。

「二人とも、もう少しゆっくり。先生も大変だし、チヨさんもあまり揺らすと疲れるわ」

わたしは二人に頼んで、歩みを遅くしてもらった。かなり離れたはずなのに、木材が燃える臭いが後から追いかけてきた。校舎はもう火に包まれているのだろう。

「全部、灰になってしまうのね……」わたしはつぶやいて、とても悲しい気持ちになった。

岬の村が世界から切り離された小さな社会だとすると、入り江の向かいの一本松は外に開けている。長崎や諫早方面へのバスも出ている。できれば、人目につかず、ここでバスに乗れないものか……。

わざわざ遠回りして山道からたどり着いた時には、全員の衣服は泥で汚れており、もはや目立たずにはすまない状態だった。わたしはまず一人で、停留所にバスの時間を確認しに行った。

「運転休止中」と張り紙があった。戦時下の燃料不足でバスまで動かないという。わたしは途方に暮れた。

「園木先生」と声がした。

近くにあるあばらやの前に、痩せ細り憔悴《しょうすい》した老人がいた。

まさか、と思い、まじまじと見て、「畑山さん！」と大きな声をあげた。

「家が焼けてしまい、こちらに身を寄せております」

わたしは生気のない変わり果てた姿に衝撃を受けた。また、服の下にあったロザリオの膨らみがなくなっているのに気づいた。村人の信任を失ったということか。

「大丈夫ですか。ずいぶん、お困りではないですか」とわたしは問うた。

「わたくしのことはどうでもよろしい」と畑山氏。「村を出てこられたのなら、もうかかわらぬ方がよい。本土決戦になれば、あの子たちの命はないでしょう。敵国にとらえられる前に、亡き者にしてしまえという考えも、お国にはあるのです。そうなれば、村人たちは従わざるをえません」

「いったいなぜなんですか！」わたしは語気を荒らげた。

「気象を操る、化け物天狗の一族だからでしょう。それが証拠に敵国があの子たちを欲しがるというではないですか」

「畑山さんは、守ろうとしてくださっていたんですよね」

わたしは集会所で、村人をなだめようとしていた彼の言葉を思い出した。

「なにを守ろうとしていたのですかなあ。今となってはさっぱり……。子どもを供出する指示に従ったのを、疎開先を変えたと伝えましたかなあ。嘘偽りは信仰と反することでしょうか。園木先生はどう思われますかな。わたくしは迷いに迷う子羊です。もう投げ出したい」

「あの子たちには、わたしたちに見えないものが見えるだけです」

「軍部では気象兵器というそうです。邪眼で空を読む。爆撃よりも効果的に敵国、敵艦隊に被害を与えるとしたら、まさに神風ですな。いや、邪悪な風をそのように申してはなりませんか。いずれにしても、陸海軍の双方でほしがるはずです」

「なんてことを！　いいです、子どもたちは、わたしが守ります」

　畑山氏は目を細めた。

「おやりになるといい、できるならば。まだダイガクでは、この子たちを守ろうとする者がいるでしょう。あくまで研究対象ということですがね」

　畑山氏はうつむいた。その背後に、多くの男たちの姿があった。鋭い目で、わたしを射貫いていた。

「校舎の焼け跡から、遺体が見つからなかったことはもう伝わっております。あなたたちが流行り病をふりまいたことも」

　それは逆です！　と意味のない反論をしかけてやめた。

「先生！　こっちこっち」と遠くから大きな声がした。

　ふたごのシゲルとイサムだった。

　わたしは走り出した。すぐに後ろから石が飛んできた。耳を掠《かす》めた時の焼けるような衝撃で、本気の投石だと分かった。

シゲルとイサムが、両側が切り立った壁になった細い道に走り込んだ。

振り向いた時に、叫び声がした。

畑山氏が細い体から両腕を突き出し、みずからが十字架になったかのような姿勢で楯《たて》になっていた。

ハヤク、イキナサイ、ハヤク、イキナサイ。声にならない声が、はっきりとわたしに突き刺さった。

息を切らせたどり着いたのは、廃止された軽便鉄道が昔通っていた軌道だった。今では切り通しの両側も緑で覆われ、空が見えないくらいうっそうとしていた。

誰も追ってこなかった。

身を挺《てい》した畑山氏と、おそらくは流行り病の風評のおかげもあって、わたしたちは守られたのだ。

＊

「あら、ヤエコさんが来てくれたのね」

老婦人は夢うつつの中にいるようだ。遠い過去の教え子を、目の前の若い女性に重ね見ている。

「あれから、大変だったのでしょう。みなさん、どうしていたのかしら。わたしは、ずっと待っていたんですよ」

「いえ……先生、違いますよ」

若い女がためらいながら訂正する。本当に訂正すべきなのか、迷っているふうでもある。そして、すーっと息を吸い込み、切り出した。

「先生、あたしは椿ヤエコじゃありません。かすみ、といいます。ヤエコは、あたしの――」

「あら、今度はシゲル君とイサム君。今も仲のよいきょうだいなのね。元気そうでうれしいわ」

老婦人が、自分自身にだけ見えるものに話しかけていると、若い女性は気づいた。しばらく、言葉が交わされることもなく、風の音もやんだ。老婦人は、座椅子に寄り掛かり、うつらうつらと首を揺らし始めた。

ほんの一刻、音のない繭の中で、時がうつろう。

「あら、いやだ。お客様の前で、居眠りなんて」

老婦人がふいに目覚めて、声をあげるまでの間、風も鎮まったままだった。

「歳を取ると、なにもかも夢の中みたいに感じるものなの。本当に歳月ばかりがすぎて、嫌になるわ」

「いいえ、こちらこそ、長い間、話していただいて。お疲れではないですか。また、別の日にお伺いした方がよろしいでしょうか」

「いいのよ、気になさらないで。さて、わたしは、どこまで話しましたでしょうか」

教壇に立つ教師のような快活さと明晰《めいせき》さを取り戻し、老婦人は背筋を伸ばす。

若い女性は、なにか言いたげに口を動かし、一拍、置いてから、あらためて視線を向け直した。

「先生が、子どもたちと分教場を出たのは、もう八月になってからだったのですよね」

「ええ、そうよ、その日の朝の八時すぎ。時計は持っていませんでしたが、後から考えれば、あの瞬間に間違いないわ。わたしたちは、緑のトンネルの中にいたのよ。あの子たちは瞬時に悟ったようでした。何百キロも離れていたとはいえ、大気が震え、とんでもない熱が吐き出されたんですからね。あの子たちにしてみれば、分からないはずがないの。みんな怯えたわ。それこそ龍神様が火を噴いたと。わたしだけが、事情が分からないものだから、みんなを励まして——」

ふいに羽ばたきの音がして、空気が乱れた。細身の山鳩が迷い込んできたのだ。珍しく体が純白の白化個体。老婦人と若い女性の間で何度か、小さく跳躍した。

老婦人が愛しげに目を細め、手を差しだすと、小首を傾げた。ばさっと音を立てて飛び去った後、白いひとすじの羽軸が残され、畳の上でふわりと浮かんだ。

*

軽便鉄道の狭い切り通しは、半島の付け根まで続いており、わたしの故郷である諫早の近くで途切れている。子どもたちの父母がいるという長崎はさらに先だが、ここを行けば、かなりの間、人目につかずに歩き続けられるのだった。

　鉄道跡の道は、緑に覆われ美しかった。でも、わたしは、それを楽しむどころか、一歩一歩、着実に足を前に出すことで精一杯だった。人工的な狭い谷底にいるわけだから、直射日光は当たらない。しかし、非常に蒸す。皆、体中から汗を噴き、自然と無言になった。

　活躍したのは、ふたごだ。喉が渇いて動けなくなりそうになると、どこからか湧き水を探してきてくれた。実に頼りになる。教室とは違う場所で役に立つ力だ。おかげで、全員、へこたれずに歩き続けることができた。

　しかし、疲労が極限に達していることは間違いなかった。父母がいる長崎を目指すより、まずはどこかで休養すべきだ。

　わたしは提案した。

「先生の家に行きましょう。線路が終われば、そこから半日もかからないわ。家までたどり着けば、使いを出してあげられる。みんな、お父さんかお母さんが迎えに来るまでいてね。それまでみんなで勉強して待ちましょう」

　マリヤはにっこりと微笑み、背中のチヨは「トウコ母さんと一緒！」と弱々しいながら希望に満ちた声を聞かせてくれた。

　本当に今が正念場なのだ。わたしの使命は、この子たちの命を守り、きちんと教えること。子どもたちにはあしたを創る大人になってほしい。とにかく、生きのびて、未来を生きてほしい！

夜は線路の枕木が壊れて平坦《へいたん》になったところを見つけ、布きれにくるまった。

疲れていたにもかかわらず、わたしはなかなか眠れなかった。隣にぴったりとくっついているチヨの体は相変わらず熱く、それがチヨの生命の証であると分かりつつも、こんなに熱くなって、早く燃え尽きてしまうのではないかと不安だった。

幼いわたしがはしかになった時、母は夜を徹して看病したという。

〈もう死ぬもんだと諦めましたよ。お医者さんにも、期待しないように言われました。どんどん呼吸が浅くなって……わたしもうつらうつらしているうちに、あなたの魂が光になって体から離れてしまいそうになるのを見たの……〉

母がそんなふうに語ってくれたのを思い出した。

すると、なんとはなしに開いたままの目に、星々の明かりが飛び込んできた。

心臓がどくんと高鳴った。

これは星ではない……。

魂！

わたしたちが横になっている切り通しからは、木々に覆われて空は見えない。つまり……、病状が重いチヨも、無理をして歩いているヤエコも、今や魂が体から離れようとしている。

立ち上がって、小さな光の塊を両手でかき集めた。そして、掌に集まった光を、横になっているチヨの体に戻そうとした。

しかし、掌の光は、すーっとまた飛び立ってしまうのだ。

わたしは、今度は拳に集めた光を、胸のお守りにぎゅうっと集めてみた。光は瓶の底に沈んだたんぽぽの花びらの輪郭を照らしはするものの、やはりすぐに散ってしまった。

チヨが行ってしまう！

わたしは、知らないうちに声をあげていたに違いない。

ふたごのどちらかが、もぞもぞと寝返りを打ち「うーん、センセ、蛍がきれいでありますー」と言った。

わたしはへなへなと座り込んだ。

魂ではなく、蛍。よくよく見ると明滅しており、すーっと飛び立った。そして、静かに上昇していった。まるで光の樹《き》が育つかのように。

わたしはこれを見たことがある！

ああ、そうか。希望に胸を膨らませ、はじめて岬の丘の校舎を訪ねた時に、空に浮かんでいた雄渾な雲。あの時、わたしは、子どもたちが成長する様を重ね合わせた。

光る蛍は、去りゆく魂ではなく、生命の徴《しるし》だ。樹木に吸い上げられる樹液のように上昇し、ある高さになると、限界に達したかのように横に広がった。

わたしの子どもたちの生命はすべてここにある。この極限においても輝かしさを失わない。わたしは、安心して、眠りについた。

翌朝、わたしが目を覚ましたのは、チヨの声のせいだ。

「トウコ母さん……こわい」とチヨがぎゅーっと体を寄せてきた。小さな手でわたしにしがみつき、摑まれた腕が痛かった。細い体にどれだけの力を秘めているのか不思議になるほどだった。

「怪獣が来た。あたらしい怪獣が来た」チヨはうなされたように繰り返した。

わたしが体を起こすと、すでに全員が目を覚ましていた。切り通しの中にも光が通っているので、もう夜明けからはずいぶん時がたっているはずだ。全員が疲労困憊《こんぱい》し、日の出よりもかなり寝過ごしたとみえる。

しかし、これはなんだ。

病気で熱を出しているチヨや病み上がりのヤエコはともかく、全員が沈んでいた。率先して、この逃避行を支えてきたふたごたちでさえ、しゃがみ込み、言葉なく、放心していた。

「みなさん、疲れ切っているのね。でも、昨夜はたくさん休めてよかったわ」

わたしの言葉に誰も反応しなかった。ただ、チヨがわたしにしがみつき、身を捩《よじ》っただけだ。

「トウコ母さん……こわい怪獣が出たよ。へんな怪獣なの。さいしょはね、種があるだけなの。そこからお空がきゅうにものすごく熱くなって、光がひろがって、けむりもはき出して、黒い雲が大きくなって……本当にこわい怪獣なの」

ぜいぜい言いながら伝えようとするチヨが痛々しく、背中をさすった。みうろこ、とやらが出てくれればいいとふと思ったけれど、わたしに分かるはずがなかった。

「今、わたしたちは、お山からどんどん離れて、逃げているわよ。安心なさい」

しばらく返事を待ったが、チヨはまた眠ってしまったようだった。

「先生、あのね」と声を出したのはヤエコだった。

しゃがみ込み、疲れ切った顔で、歯の根が合わないほど怯えているように見えた。

「そんなものじゃないよ」と弱々しく言う。

「チヨだけじゃなくて、みんなが感じた。先生が眠ってるのが不思議なくらいだった。あたしたちが、知らないなにか恐ろしいことが、どこかそれほど遠くないところで起きた。熱くて、激しくて、とんでもない力をぎゅーっと集めて爆発させたみたいだった」

「我々、力の弱い、ふたごですら感じたのであります」「体が揺れたのであります。地面が、空気が、空が揺れたのであります」とイサムとシゲルがほぼ同時に言った。

全員が怯えきっていて、これ以上、歩くことができないほどだった。

ただ、一人を除いて。

マリヤだ。

マリヤは、きゅっと口を引き結び、立ち上がった。深い瞳の色に、決意のようなものをわたしは読み取った。

わたしも、しっかりしなければ。みんなが怯えていたとしても、幸か不幸か、わたしにそれは分からない。いや、そもそも、わたしはこの子たちを護る教師なのだ。

「きょうは、これからがんばって、先生の家まで歩き通します。チヨさんを早くお医者さんに診せたいのです」

しかし、疲れた子どもたちの足は、予想よりもずっと遅々としたものだった。

気温の低い午前中はまだましだった。

茹でておいた芋を口の中に押し込み、湧き水を飲み、歩き出した後、ふいにマリヤが歌い始めた。

元気溌剌というわけにはいかないが、清らかな声だった。ほかの者たちも、声を合わせた。それだけで、ほとんど残っていない元気や、なけなしの勇気が、少しだけ大きくなった。

でも、太陽がすっかり昇り、切り通しが蒸してくる頃には、さすがに歌声も途絶えた。

うっとうめき声をあげて、マリヤが転んだ。

「どうしたの」と近づくと、マリヤは片足をかばいながら立ち上がった。

右足の草履の緒が切れたのだ。

もともと粗いつくりなので、そんなに長い距離は歩けない。いつだったか、わたしを追って入り江を回ってきた時ですら、緒を切らせていた。

マリヤは気丈に歩き続けたが、草履のない右足は、みるみるうちに傷ついて血が流れ出した。

しばらくすると、マリヤだけでなく、ほかの子の草履の緒も切れて、全員が裸足になった。わたしはこの行軍が早く終わるように祈るよりなかった。

夕方、軽便鉄道の線路が途切れた。わたしたちを隠す壁になってくれていた切り通しは消えて、稲穂が揺れる田園風景が続いていた。念のためにその場に身を潜め、夜を待った。

やがて闇が深くなっても、わたしたちは大きな街道を避けて脇道を進んだ。月明かりもあるからなおさらだ。深夜まで歩き通せば、我が家に着くだろう……。

しかし、目論見とは違い、歩く速度は極端に落ちた。結局、草木も眠る丑三つ時《うしみつどき》に、わたしにとっては故郷の入り口である大きな楠の辻にたどり着いたのだ。こんもりした楠の大木の形が夜空に張り付いた切り絵のように浮かび上がり、わたしは小さな歓声をあげた。

「みんな、ここからならあと一時間歩けば、先生の家よ！」

わたしは、心底ほっとして言った。

とにかく、地面ではなく、布団で眠ることができる。ぐったりとしているイヨの頭に氷嚢《ひょうのう》を載せて、精を付けるために芋がゆを与えることもできる。戦争が終わるまで、ずっと家で匿《かくま》ってしまえばいい！

と考えて、はっと胸を押さえた。

戦争が終わる。それはつまり、目に見えて困窮生活に入ったわたしたちの国が負けるということではないか。それは口にするのはもちろん、考えるのもいけないことだ。

「では、みなさん、もう少し歩けば諫早です！　行きましょう！」

あえて元気に言い、足を踏み出した。

数歩進んだ先で気づいた。

誰もついてこない。

疲れ切って、もう動けないのだ。ならば、わたしだけが先に自宅に戻り、男手を借りて大八車でも引いてこなければ。

「先生、我々は長崎まで行くのであります」とふたごが同時に言った。

二人とも上半身は白い肌着だけになって、それも泥で汚れていた。逃避行の最初から最後まで、シゲルとイサムは大活躍してきた。山道を選ぶのも、湧き水を探し出すのも、二人の仕事だった。今朝からは、元気を失ったが、それでも飲み水の確保など、きちんとやってくれたのだ。

「長崎にはキヨシたちがおるのであります」「両親はお務めに出ているはずでありますが、キヨシは我々を待っていると思われます」

二人は口々に述べた。

「あたしも行くよ」と言ったのは、ヤエコだった。

「ヤエコさん、あなた、病み上がりなのよ」とわたしはあわてて止めた。

「先生、シゲルもイサムも、山じゃ役に立つけど、街じゃどうにもならないよ。あたし、前に長崎にいた時にだいたい道は覚えた。あたしがいないとたどり着けないと思う」

「でも、あなたたち、今朝はあんなに怯えて……」

「だからだよ。心配なんだ。なにかとてつもないことが起きている。だから、早くみんなに会いたいんだ」

本当にこの年齢の子たちには、驚かされる。体力的にはまだ元に戻っていないのに、目に宿った力は本物で、ここから一晩歩き通し、長崎まで行くというのは充分にできそうに思えた。

「では、五年生の三人に、キヨシ君たちを呼びに行ってもらいましょう。そして、ご両親も一緒に先生の家に来て。うちは造り酒屋だから、人に聞けば分かります。いえ、人に聞けない場合もあるかもしれないわね。そういう時は、海沿いを歩いてくれば龍宮社という小さな祠があります。先生は、あなたたちが来るまで毎日願を掛けに行くことにします。必ず来て。約束よ」

ふたごとヤエコがこくりとうなずいた。

わずか四ヵ月前に見たこの子たちより、格段に成長し大人びた姿で、わたしは感動に打たれた。

「では、行きましょう、マリヤさん」

マリヤは歩き出す代わりに、わたしの袖を取った。

「先生、わたしも長崎に行く」

「どうして?」とわたしは目を大きく見開いた。

マリヤの足は、腫れ上がり、痛々しかった。今や、両足とも傷だらけだ。

「マリヤさん、それじゃ、歩けないでしょう」

マリヤはあの底知れない瞳で、わたしを見た。

「先生は、チヨを助けて。あのね……わたしの母さんはダイガクにいるの」

マリヤは、もう母親に会えることが決まったかのように破顔した。

強い目にあらわれた決意はゆるぎなく、なによりも希望に満ちていた。

「じゃあ、マリヤさん、お母さんと一緒にぜひ、うちにいらしてね。チヨさんは、ちゃんとお医者さんに診せるから、すぐによくなるわ」

マリヤはあどけない表情に戻り、こっくりとうなずいた。

「トウコ母さんに、わたしのお母さんに会ってほしいよ」と言い、本当に子どもらしい笑顔を浮かべた。

「絶対よ、指切りげんまんよ」わたしは、マリヤと小指を絡ませた。

ふと思いつき、わたしは自分の首元に手をやった。

かかっている小瓶のお守りを外し、それを、マリヤの首にかけた。

「持っていって。先生も、そのお守りに助けられたことがある。みんなと無事に会えるように助けてくれるわ」

マリヤの顔が、さらに明るく輝いた。

「きれい……」

たんぽぽの輝かしい花びらが沈む細い瓶を星明かりにかざして言った。

わたしは、四人の背中を見送った。一番最後まで見えていたふたごの白い背中が、闇の中の染みになりとうとう消えてしまってから、わたし自身も力をふりしぼり、最後の一時間を歩き続けた。チヨ、もうすぐだからね、もうすぐお医者さんに診てもらおうね、と何度も呼びかけた。時折、立ち止まっては、背負子をずらしてチヨの口の前に手をかざし、呼気を確かめもした。

やがて、わたしは、背負子で密着している背中がいくぶん冷えてきたことに気づいた。

チヨの熱が下がっている！

発熱の山を越えて、快方に向かっているのだ。

そう思って喜んだのはつかの間。わたしはむしろ、背中がどんどん冷え冷えとしてくることに戦慄した。

背負子をいったん下ろし、背側から腹側につけかえた。そして、両手でぎゅっと抱きしめた。

チヨは熱をどんどん失いつつあった。

息をするたびに揺れる肩の動きも、やがて感じられなくなった。

それでも、わたしは、一歩一歩、進んだ。

家に帰りさえすれば、医者に診せさえすれば、なんとかなる。

その一念だった。

本当のところ、分かっていたのだ。

ついさっきマリヤとかわした約束を、わたしは果たせなかった。

暗い夜道を蛍が行き交った。もう昨晩のように上へ上へ勢いよく連なることもなく、命の最後のひとしずくを吸い上げて漂うはかない光にすぎなかった。一族を護る龍神様とやらは、どこに行った。こんな時に来てくれなくてどうするの。神頼みすら、もう虚《むな》しい。

実家の門と、酒造を示す杉玉がうっすら見えてきた時、わたしは膝をついた。

そして、ぎゅうとチヨの体を抱きしめ、声も出さずに泣いた。


わたしは、丸一日の記憶がほとんどない。ずっと眠り続けていたくせに、時々、目を覚ましては食事をとったそうだから、我ながら食い意地が張っている。まだ若いわたしの身体は、幼い教え子を亡くしても、貪欲に生きようとしていた。

横になっている間にも、父や縁者が集まっては議論している声が聞こえた。「終戦」「敗戦」という言葉は一組のものとして頭の中で踊った。さらに「新型爆弾」という言葉も聞いた。

それらをくっきりと覚えているのは、むしろ、後付けの記憶なのかもしれない。幼いチヨを荼毘《だび》に付した別れの光景ですら、当初は夢と区別できなかったほどだから。

現実の世界にわたしがはっきり戻ったのは、火葬場から自宅に帰り、小さな骨壺を抱いた時だ。骨壺はそれなりに重みがあったが、中身はカラカラと音を立てるばかりだった。背中に感じたあの熱や重みは、もうどこにもない。そのことを受け止めた時、やっと四肢が自分のものである感覚を取り戻した。

翌朝、わたしは、骨壺を抱いて、海岸にある龍宮社に向かった。一〇メートルほどの短い橋で本土とつながった島の祠だ。たとえ何日かかろうとも待つつもりだった。内海の向こう側にある丘陵の、さらに先にあの子たちは向かったのだから。

橋を渡る途中で草履を板と板の隙間に引っかけた。いったん骨壺を地面に置き、腰を落として履き直していたところ、周囲が急に明るくなった。太陽の光の上に、さらにもう一段、別の光を重ねたような、妙な陽光だった。

しばらくして、空気が割れた。ゴゴゴと凄まじい音は、もはや音とは思えなかった。地面が揺れ、空気が揺れ、空が揺れた。ふたごが言ったのと同じだった。これなら、いかに鈍感なわたしでも分かる。それどころか、生きとし生けるもの、すべてを畏怖させるにたるものだった。

わたしは、うまく履けていない草履を引きずるように進んだ。そして祠の軒下から対岸を見た。

丘陵の向こう側で、巨大な雲が育ち始めていた。

これまでに見たどんな雲とも違った。

下の方はどす黒く、そこから猛烈な勢いで白煙が噴き出していた。チヨが描いた凶暴な火山の龍神をさらに凶暴にしたようなものが、あそこにいる。空中の黒い繭の中から、炎や白煙を吐いている！

そして、気づいてしまった。足の力が抜け、その場に座り込んだ。

あの雲ができたのは、まさにあの子たちがいるあたり！

わたしはただひたすら凝視した。

噴煙の白い部分がくっきりとした形を作り、周囲の雲を蹴散らしながらどんどん上へ上へと昇っていった。

龍神様はある高さまで昇ると頭打ちになる。空の上は、もっとえらい神様がいるところだとか。教えてくれたのは、ヤエコだったたか、マリヤだったか。

しかし、この雲は限度を知らなかった。

見つめるわたしが、体をそらし首をそらしても足りないくらい、天空を侵し、高く高く育った。流れてきた雲の一部は、龍宮社にも雨を降らせた。

少し灰が混じった、汚い雨だった。

長崎に新型爆弾が落とされたらしいと聞いたのは、夕刻、自宅に戻った後だった。

ヤエコ、マリヤ、シゲル、イサム、キヨシ、子どもたちの消息を聞かぬまま、わたしは六日後のラジオ放送で終戦を知った。

わたしは、これまでになくあわただしい日々を送ることになった。救援列車で搬送されてきた負傷者が、病院や地元の学校の校舎に溢れ、わたしも救護員としてかり出されたのだ。長いいくさの勝ち負けではなく、目の前にある悲惨に打ちのめされつつも、それでも次から次へと送り込まれてくる傷ついた人たちに向き合うことでなんとか自分を保った。しばしばマリヤを思い出し、あなたはこんなふうに人を助けたかったのよね、と心の中で話しかけた。

子どもの負傷者を見かけると、知った顔ではないかと恐る恐る近づいた。そのたびに安堵《あんど》しては、申し訳ないような気持ちになった。その一方で、あの子たちが、ここまで運ばれなかった可能性に思いいたると胸が潰れた。疲労困憊して自宅に戻るたび、わたしはチヨの小さな骨壺に向き合った。

チヨ、どうしてこんな残酷なことが起きるの？　元気いっぱいだったふたご、姐御肌のヤエコ、ハカセになりたかったキヨシ、カンゴフになりたかった優しいマリヤ、あの子たちは、凶暴な雲の下でどうなってしまったの。

チヨは答えない。

だから、わたしは、答えを留保した。

あの子たちが目指したダイガクが、爆心に近かったことを知ったあとも、あの子たちがなにかの僥倖《ぎょうこう》を得て、生きのびたと信じた。

食べるに事欠く困難な時期を経て、わたしがすみやかに教職に復帰したのは、同じ場所で待ちたかったからだ。教師として、「先生」として、学校であの子たちを待ちたかったからだ。

時は移ろい、わたしは伴侶を得、子をなした。相手は、看護の真似ごとをしていた頃、小学校の教室を転用した病室で知り合った年下の男性だった。快復した後、造り酒屋の仕事に興味を持ち、わたしの家に通い詰めて、後には住み込んだ。跡取り息子がいなかった父は結婚を喜び、孫とたわむれる幸せな晩年ののちに他界した。

夫は、しばらく故郷の房総半島と行き来していたものの、父の死を機に、家業をもっぱら引き受けてくれた。おかげでわたしは教職を続けることができた。覚えきれないほどたくさんの児童とかかわり、そのうちの何人かは地元で、あるいは中央で、この人ありと知られるような出世を遂げた。名は知られずとも、心豊かな、人にも自分にも優しい生き方を選ぶ教え子も多かった。わたしのささやかな自慢だった。

それでも、わたしが忘れられないのは、はじめての任地でほんの一学期の間だけ教えた子らだ。軽便鉄道の切り通しを歩き抜き、うっすらとした星明かりの下を歩み去った白い後ろ姿と底知れず深い瞳だ。

龍のみうろこ、悪戯《いたずら》をする

自分自身の目ではっきり見たはずのことなのに、半信半疑である。

後から考えれば、とうてい本当とは思えない。まず他人に言っても信じてはもらえないだろう。疑うというなら、自分自身を疑った方が、まだ合理的な気がする。ぼく、八雲助壱は、自他ともに認めるおっちょこちょいだ。しかし、それでも、やはり、解せない。なぜって、ぼくは、みうろこの形も質感もはっきり思い出せるのだから。


ことの始まりは、台風の大雨の夜だった。

冬の間は掘《ほ》り炬燵《ごたつ》になるローテーブルで、ぼくは『地球の水循環を考える』という非常にスケールの大きな表題の本を読んでいた。熱帯の海から得た水蒸気の潜熱で発達した台風が、はるばる温帯にまで旅をし、水蒸気を液体の水に戻して陸地に落とす。それは、まさに地球規模の熱輸送・水循環の実例だ。なにしろ、台風がその一生の間に循環させるエネルギーは、広島・長崎タイプの原爆の一万倍から一〇万倍のオーダーだそうだ。もっとも、核兵器は、ごく小さな地域、ごく短い時間にエネルギーを集中させるので、生じる被害はとんでもないものになるわけだが。

とにかく、自然現象というのは圧倒的である。たった一つの台風ですら、人間が扱いうるエネルギーとは桁が違う。さらに、今後、気候変動の影響で、もっと激しい気象、大気の擾乱《じょうらん》が想定される。いや、すでに始まっていると誰もが思っている。今年だけでも、東南アジアや東欧、北米で、何十万人もが被災する洪水が起きた。

家のまわりや、家の中のことだけを心配して仕事をしているぼくには大きすぎる話だが、小さな水害ならむしろ守備範囲内だ。家屋を設計する仕事だから、床下・床上浸水くらいは、充分に考慮しておかなければならない。

もっとも、こと、その夜の豪雨については、ぼくは身の危険をまったく心配していなかった。周囲の水田は川が溢れた時の遊水池になるように設計されていたし、家自体、ほんの数メートルだが水田よりも高い所にある。ここまで水が来るのは、よほどでないとありえない。ぼくは安全な家の中で快適にやりすごすつもりだった。

計算外だったのは、いきなり呼び鈴が鳴ったこと。

「お願いです、助けてください！」とずぶ濡れの男が言った。黒っぽいジャケットをはおり、髪からも服からも水がしたたっていた。ぼくよりは一回りくらい年齢が上のように見えた。

「車が動かなくなってしまったんです。どうか助けてください」

うちの前の未舗装道路には街灯がない。迷い込んだ車両が立ち往生したことがこれまで何度かあった。レッカー車を呼べば解決する問題だが、男は矢継ぎ早に続けた。

「息子が病気なのです、一刻も早く病院に連れて行きたいのですが……」

声は緊迫しており、ただならぬものを感じた。

「この時間に開いている病院は、近くにありませんよ」

「大学病院まで行こうと思います」

「ああ、それならたしかに救急の受け付けをしてますが、結構遠いし、この雨では……」

昔大学に勤めていたから、あのあたりの地形はよく知っている。とにかく水はけが悪く、遊水池もないから、ちょっとした集中豪雨があると町並みがそのまま水没してしまう。この日も元同僚が、大学からの帰り道で難儀したとネットで発信していた。

「もう水浸しだそうですよ。ボートの手配などは？」

「病院側には連絡してあります。行けばなんとかしてもらえるんです。お願いします！」

結果的に、ぼくは自分の車を出すことにした。病人をほうってはおけなくなったし、さいわい、ぼくは通常より走破性能の高い四輪駆動車を持っている。運がよければ、病院までたどり着けるだろう。

見事にぬかるみにはまった乗用車から、高熱を発している男の子を自分の車に移し替えた。それだけで、ぼくもびしょ濡れになるほど、雨には勢いがあった。

男の子は、呼吸も浅く、痛々しいほど憔悴していた。

「夏の風邪ですか。こじらせると大変ですね」

後部座席に一緒に座ってもらった父親に、話しかけた。同時に、暖房をオンにして、吹き出し口を微調節した。雨が入らない程度に窓をかすかに開いた。ぼくにしてみれば蒸し暑いのだが、後部座席で高熱にあえいでいる子には、これくらいがよいはず。窓からの風と混ざりあって、車の中の小さな空間で、空気が循環する。

「奇妙な病気です。はしかのようなものとでもいいますか」と父親は言った。

「はしかは怖い病気ですね」

ぼくも赤ん坊の頃に死にかけたことがあるらしい。ちょうど予防接種が徹底されていない時代だったと聞いている。

「みうろこの病気です……龍のうろこが生えてくる。言い伝えでは、このうろこに護られているはずなのですが、しばしば悪さをします」

父親は、妙にあらたまった様子で述べた。

ぼくは自分の耳を一応のところ疑い、「は？」と聞き返した。

「みうろこ、ですか？　うろこ？　龍？　龍って、架空の生き物ですよね」

「わたしたちの想像は、しばしば実在と変わらない存在感を持ちます。龍もかつては想像を超えた何者かでした。昔話や伝説などで出てきますでしょう」

「たしかにそうですけど……ええっと、息子さんのことと、関係するんでしょうか」

「ええ、おそらく。車がご自宅の前のぬかるみにはまった後で、急に熱が高くなりまして。もしやと思い、背中を見ると、案の定です」

えーっと、ぼくの家の前の道は公道から一本入った袋小路なんですが。そもそも、こんな雨の中でなぜそこに迷い込んじゃったんですか。と、根本的な疑問を抱きつつ、細かいことは詮索しないことに決めた。それっきり父親から言葉はなく、ただ、ルームミラーの中で、息子の背中を撫でていた。

ニュースで聞いて、すでに水没して川になっていると分かっている駅前を避け、大回りして大学病院の裏側から近づいた。病院の建物が見えるあたりまではすんなりたどり着けた。しかし、直前のところで、道路がすっかり冠水していた。いくら台風の大雨とはいえ、こういう基幹病院への道が閉ざされるなど、まったくもってひどい話だ。

ぼくはライトを点滅させて合図を送った。

すると、病院の方からボートが近づいて来た。小さいがきちんと船外機がついたやつだ。この町では大雨で何度も水浸しになる経験をした後で、いざという時のためにボートを持つ公的な機関が増えた。立地の悪い基幹病院としては、必要欠くべからざるものだ。

足を濡らしながら、まずは飛び乗った。ビニールシートの屋根はあったが、横殴りの雨には効果が薄かった。ここに病人を乗せるのはしのびないが、わずか五〇メートルほどの「川」を越えられないのだから仕方ない。おかしな時代になったものだ。

男の子を引き上げる時に、バランスを崩して尻餅をついた。そのせいでボートが揺れ、結果的に「岸」を離れることになった。

風が相当強く、流れもある。操船しているのは、おそらく警備員で、それほど慣れてはいないようだ。とはいえ、ぼくも素人だから、手出しするわけにもいかない。

水しぶきを浴びて、にわかに危機感を覚えた。

「ああっ、よけて!」とぼくは叫んだ。

ライトで照らされている水流がもっこりと盛り上がっていた。

微妙なものだったが、下に障害物があるのはあきらかだ。

ぼくは流れを見るのは慣れているつもりだ。ふだんは目に見えない空気の流れを相手に仕事をしているのだから、目に見える水の流れは、まさに一目瞭然だと感じる。

ボートは流れを下る方向に進路を変えた。底をゴツンと打つ衝撃があったから、ぎりぎりのところだった。

「ええっ、下りすぎるのはまずい! 上流へ!」

嫌な予感がした。

風が巻いている。川下の方からばかり飛沫が飛んでくる。ライトでちらりと見えたのは、流れの中に引っかかった木だ。ぶつかったら、ただではすまないだろう。

船外機がうなりをあげて、流れに抗った。

今度は穏やかにボートの底をこすった。ちょうど道路の上、水が浅いところへ勢いよく乗り上げた。

近くには病院の車が停まっており、ぼくはほっと一息ついた。

救急外来待合室には、こんな雨の夜でも、かなりの子どもたちがいた。当然ながら具合が悪そうで、親に付き添われぐったりしていた。

「お父さん、問診票を書いてください」と年配の看護師に言われた。

ぼくは後ろを見た。父親の姿はなかった。

ぐったりした男の子の胸ポケットに保険証の控えがささっているのを見つけた。ぼくはその情報をそのまま書き込んだ。体温計に表示された四〇度近い熱も記入した。

ほんの数分で、名前を呼ばれた。熱のせいなのだろう。この時点でトリアージの最優先とされたようだ。

看護師に導かれ診察室に入り、男の子を細長い診療台に寝かせた。

問診票を確認した若い医師は、男の子とぼくを交互に見た。「さきほどお電話をいただいた方ですね。熱は三九・八度。はしかみたいなもの、ですか。熱以外にお気づきの点は――」

「いや、実は、ぼくは父親ではなくて、行きがかり上、こうなってしまいまして。本当はこの子のお父さんが一緒だったんですが……」

ぼくの説明を聞きながら、医師は手ばやく男の子の口を開かせた。

「コプリック斑なし」とつぶやき、さらに聴診器を胸にあてた。もちろん、背中側も。

しばらく黙々と診察し、カルテに書き込んでいた医師が、端末を操作してなにやら検索を始めた。最近では医師が利用する情報システムが充実しており、その場で症例報告や治療のエビデンスを探すのがとても便利になっていると聞いている。

「背中のうろこと電話でおっしゃっていたそうですね。いつから出ましたか。くわしく教えてください」医師は、ふたたびぼくと男の子の方に体の向きを変えた。

「ええっ」とぼくは声をもらした。

みうろこの病気、だっけ。龍のうろこが生えてくる、とか。父親が電話で言ったのだろうが、ここまで伝わっているのは、かなり見事な連絡体制だ。

「いや、それは……雨が降っているからって、キノコとか、カビとかじゃ、ありませんよね……」

「とにかく熱も高いですし、点滴をした方がよさそうです」

「ああ、そうですか……お願いします」

完全に保護者の立場になってしまい、戸惑う。点滴ならともかく、ここで手術します、と言われても、ぼくには判断できない。いったい男の子の父親はどこへ行ってしまったのだろう。

しかし、ぼくはその件を考えるより、目をみはらざるをえなかった。

なぜなら……。

ぼくにも見えたのだ。

横になった男の子のほっそりした背中に、ぎざぎざと尖った葉っぱのようなものが張り付いている！

カゲロウの翅《はね》を思わせる薄く透明な質感で、男の子が呼吸するのに合わせてぴくりぴくりと動いていた。

「これ、なんですか！　本当にうろこみたいじゃないですか」

ぼくが言うのが聞こえているのかいないのか、医師と看護師はてきぱきと点滴の準備を始めた。

なんなんだ、これは。

本当にびっくりだ。

人体にうろこ状のものが生える病気があること自体、衝撃的なのに、どうやら、それを叩く抗うろこ剤みたいなものがすでにあって、標準治療になっているとでもいうのだろうか。いや、きっとそういうことなのだ。ぼくは医者ではないのだから、知らなくても当然だ、と素直に思った。

点滴がぽたりぽたりと落ち始め、男の子は診察室の隣の処置室に移された。点滴の効果はてきめんで、すぐに呼吸がゆったり落ち着いてきた。ただ、呼吸にぜいぜいという雑音が混じるのはかわりなく、痛々しかった。

しばらくすると、ぼくも息苦しくなってきた。

そして、気づいた。

空気！

淀《よど》んでいる。

エアコンが利いて冷たいくせに、じっとりと湿っており、健康なぼくですら、寒いのに手汗をかく、不思議な状況だった。

送風口を探した。部屋ごとに室内機があるわけではなく、天井から送風するタイプだ。中央で一括制御しているから、細かい調整はできない。

そこで、ぼくはぐるりと処置室を一周し、カーテンのような衝立《ついたて》がいくつか、壁の近くに寄せてあるのを見つけた。

これは使える。送風口から流れる空気が斜めに当たるように順番に配置し、最後はあえて、風とぶつかるようにした。空気を散らすためだ。また、廊下に面した扉を少しだけ開けた。

風の道を作る。うまく攪拌《かくはん》して、湿気をためたり、冷気を淀ませたりしない。

部屋にいて居心地悪いというのは、ぼくには耐え難く、ということは病人にはもっと耐え難いだろうと勝手に推測した。

ふたたび男の子の隣に座り、さっきよりも格段に居心地がよくなったとまずは納得。

呼吸音も、こころなしかよくなった気がする。

病状が落ち着いたせいで、少しぼくもうとうとしたかもしれない。

ふと気づくと、男の子の体の一部のようにしなやかに上下していたうろこの色が変わっていた。

透明感が失《う》せて、褐色に色づいていた。

やがて、かさぶたのようにふくらみ、黒ずみ、ひび割れた。そして、ぼろぼろと剝が
れて、みるみる細かな粉になり、ドライアイスが昇華するように散った。もう、うろこ
の痕跡はどこにもなかった。

時計を見ると、点滴を始めて一時間もたっていなかった。

ちょうど医師が処置室に入ってきた。

「八雲先生ですよね」と医師は言った。

「え、はい。そうですが」

いささか狼狽《ろうばい》した反応になったのは致し方ない。ぼくはここで名乗った記憶がなかっ
た。

「トウマと申します。先生、これは建築家の表現活動というやつですか。衝立をこんな
ふうに並べるなんてはじめて見ました」

「いや、これは、風の道を作るためです……」

「なにか、梁《やな》、みたいですね。川に仕掛けを置いて、魚を追い込むやつです」

「ああ、水じゃないけど、空気の流れを変えるのだから、似たものですね」

ぼくはまじまじと医師を見た。

若くて端整な顔立ちだ。かつてこの大学で教えていたぼくは、どこかでこの医師と会

っていたのだろうか。

「大学の同期が、先生のゼミでした。それで、お顔とお名前は知っていました。きょうは、いったいどうされたのかと、びっくりしましたが」

ぼくは事情が分かってほっとしつつ、医師にあまりに行き当たりばったりな経緯を話した。

「先生らしいですね。お人好《ひとよ》しというか、世話好きというか、ゼミの連中も慕っていましたからね。卒論の徹底指導から、就職の世話まで」

それはちょっと誤解だ。卒論のことはともかく、ぼくには就職をどうこうできるほどの政治力はなかった。逆に、大学を辞めて独立したぼくを心配し、連絡をくれる卒業生には事欠かない。それほど、ぼくは頼りないらしいのである。

こほんと、ぼくは咳払いした。

「ええっと……なにはともあれ、ぼくはすごく感心しました。こんな不思議な病気、ちゃんと治療できるんだ。本当に効果てきめんだったし」

「よかった、ちゃんと効きましたか」

「ああいうのは、新しい薬なの？　少なくともぼくが子どもの頃にはこんな病気はなかったと思うんだけど。アトピーとか、今の時代の皮膚病なのかな」

「いえいえ、いつの時代にもあったんじゃないですか。治療も伝統的なものですよ。高熱が出て、脱水の気配があれば、とりあえずやりますね」

「だって、うろこが剝がれたんだよ。もうきれいさっぱりと」

「ただの栄養点滴ですよ」

「ええ！」

ぼくは静かな小児救急で、大声を上げてしまった。

「世の中には、単純な理屈では説明できないことがたくさんある。こういう仕事をしていると、話題には事欠きませんね」

ぼくは医師が首から下げている名札がわりのＩＤカードに目をやった。トウマというのは、当麻と書く。

「で、先生には、見えたんですね。我々、医療スタッフにはさっぱりでしたけど」

「ええっ、当麻君、見えていなかったの？」

じゃあ、ぼくが見たのはいったいなんだったのか！

「どうも、そういうところ、即物的なようで。しかし不思議なこともあるもんですね。先生には見えたというんだから。もしも、それが実在するものだとして、いったいなんだったんでしょうね。皮膚とうろこって、起源は同じですから、皮膚幹細胞ならうろこにもなれるかも、とか思いましたが、どのみち、妄想です。ＳＦじゃないんですから」

なんだっけ……カンサイボウ？　再生医療に使われるやつか。日本人の研究者がノーベル賞をもらって話題になったのはかなり前だ。

当麻医師は看護師に呼ばれ、「それでは」と立ち去った。

入れ違いに、髪も服もぐっしょり濡らした父親がやってきた。

「すみませんでした。ボートに乗り損ねて、こんなことまでお任せすることになってしまい……。ボートが戻ってきてくれなかったんですよ。水が少し退くまでは危険だから様子を見るって。やっと今渡れました」

そういうことか。ぼくは、男の子をボートに乗せるのに精一杯で、そこまで気が回っていなかった。

「本当にありがとうございました。あの流れを横切るのを見ていて、ひやひやしました。指示のおかげで乗り切れたとボートの人が言っていました」

「そんな大したことはしてないです」

たまたま、勘が当たっただけだ。水の流れと風の流れを意識したら、なんとなく見えた。

とにかく、本物の肉親がやってきたのだから、ぼくはお役ご免で、病院を後にした。

少し水が退いた道路をボートで渡らせてもらい、駐車していた車に乗った時には、もうヘトヘトだった。徹夜は結構堪《こた》える年齢だ。

雨はやみ、東の空がすっかり明るくなっていた。一晩豪雨に晒《さら》された町は、湿原になっていた。子どもの頃には揺るぎないと思っていた大地のあちこちに水が張り、ずいぶんと景観が変わった。ビルですら、水から立ち上がる葦《あし》のようだ。ぼくたちは、新しい世界に生きている。家で読んでいた本ではないが、地球規模の水循環というのを、意識せざるをえない。

ぼくは、住居兼事務所に戻ると、午前中いっぱいぐっすり眠った。古民家に工夫を凝らし改造した我が家は、風通しよく、寝心地はよい。午後、外に出てみたところ、家の前で動けなくなっていた乗用車はなくなっていたから、あの親子も無事に病院から戻ったのだろう。

＊

二週間ほどたって、新しい台風が日本列島の南岸を通り過ぎた。例によって、雨が降った。今回は、幸運なことに、この地域では水が溢れることはなかった。

雨がやんで晴れ渡った台風一過の朝、呼び鈴がなった。玄関先には、ランニングシャツ姿で、自転車を支えた少年が立っていた。

「ええっと、君は……」

「助けてもらったんで、父ちゃんが、先生にお礼を言ってくるようにって。もうすぐ引っ越すから、できるだけ早くって」

「ああ、あの時の。すっかりよくなったのかい」

「元気だよ！」

男の子は、その場でぴょんぴょん跳びはねてみせた。

高熱を発してぐったりしていた印象しかないから、まったく違う子のように感じた。

「それで、えっと、父ちゃんに見てくるように言われた。そっちは、だいじょうぶ？」

「どういうこと？」

「みうろこが生えてるかもしれないって、父ちゃんが言うからさ、見せてよ」

男の子はすたすたと歩き、ぼくの背中に回り込むと、シャツをまくり上げた。

「おいおい、なにをする！」

「うーん、ないね。でも、おかしいなあ。匂うんだけどなあ」

男の子は鼻をひくつかせながら、あちこちをきょろきょろと見た。家に近づいて、壁に触れたり、真下から見上げたりしつつ周囲を歩いた。そして、家の裏側の壁の前で立ち止まった。

「うわあ、すげぇえっ。こんだけでっかいのは、オレ、はじめてだ！　先生、心当たりないの？」

男の子が指差す先には、家の外壁があるだけだ。

それなのにぼくは「ああっ」と大声を出してしまった。

ふいに見えたのである。それどころか、うっとりと見とれてしまった。

美しい、と言ってよかった。

壁全体にびっしりと、透明でなまめかしい薄皮が張っていた。

よく見ると、それは掌ほどの大きさのうろこが集まったものなのだった。

ひとつひとつが心臓のように搏動《はくどう》し、全体としては壁全体で波打っていた。顕微鏡写真で見たことがある細胞を思わせた。

「これはすごい、キノコとかじゃないよね」

「龍神様のうろこだよ！　家に生えたら、のちのち大変。オレの背中もカンベン！　ご加護というよりも、面倒をもたらす。だから、剝がしちゃっていい？」

「あ、ああ、頼むよ」

ぼくは、なにがなんだか分からないままうなずいた。

男の子は、尻のポケットから鏝《こて》のようなものを取り出し、壁とうろこの隙間に滑り込ませた。壁を塗る時に使う左官道具そっくりだが、取っ手のところに河童だか天狗だか分からない絵が描かれていた。

壁から少し引き離されたうろこは、びくんびくんとうごめき最初は抵抗しているように見えた。しかし、すぐに動きを止めてだらりと垂れた。男の子は、鏝が通った隙間に手を入れて、思い切りよく引っ張った。

まるで弱粘着タイプのシールのように、きれいに剝がれ落ちた。そして、壁にくっついていた方を内側にして、自分からくるりと丸まった。半透明の卵状の固まりで、せいぜい大きなラグビーボールといった程度のものだった。

「やった！　うまくいった！　このまま乾かせば消えてなくなるはずだけど、時間かかるから、オレが処分しとくよ」

男の子は、ボールを手の中でぎゅーっと小さくして、ポケットの中に突っ込んだ。そして、玄関まで戻った。

「ああっそうだった、父ちゃんから言われてた。ええっと、ええっと――」

いったん自転車のハンドルに手をかけてから、こっちを向き直った。

「そうだ、先生、預かり物って今も持ってる？　父ちゃんが言うには、みうろこが出るのは、力の源がどこかにあるからなんだって。うろこ剥がしのお駄賃にちょうだいよ」

「そんなもの、ないよ」とぼくは思わず言った。

実際、心当たりなどないし。

「ていうか、きみ、この前、助けてもらったお礼って言わなかったっけ。ぼくが頼んだわけじゃないんだが」

「じゃ、いいや、じゃ、ね。あ、そうだ、これ」

男の子は、自転車の籠に無造作に放置してあった封筒をぼくに差し出した。そして、あわただしく自転車で走り去った。

本当に元気な後ろ姿だった。ランニングシャツの背中が、軽やかに躍動していた。

ぼくは彼を見送ってから、封筒を開けた。

〈先生には、いつもお世話になっています〉という書き出しの、ていねいな手紙が入っていた。

〈雲の倶楽部で、先生が預かり物をする時に、わたしもその場におりました。もし今になっても使う道がなければ、譲っていただけませんか。また、みうろこでお困りのこと

がありましたら除去いたします。ぜひご連絡ください〉

ああっ、と納得した。

預かり物とは、つまり、たんぽぽのお酒を封入した小瓶だ。

あれなら、今も机の引き出しの奥に保管している。

前に取りだしたのはずいぶん前なので、部屋に戻って念のために確かめた。

たしかに、同じところにあった。

そして、毎回やるように光にかざした。

じっと見ていると、なぜか落ち着いて、鼓動がゆったりとした。体内の水循環を自然と意識して、ぼくも気象なのだと感じた。せいぜい百ワット程度のエネルギーで動く、小さな熱と水の循環だ。

あなたみたいな人が、持っているべき。手渡された時に、そう言われた。真意は今も分からない。それでも、ぼくはこの小瓶を単純に気に入っているので、譲りたいとは思わなかった。

それでも、あの子を行かせてしまったことが残念だった。父親が雲の倶楽部の関係者と分かっていれば、聞きたいこともあったのである。そもそも倶楽部とはなんだったのか、雲の芸術家はどこに行ったのか。男の子の背中や家の壁に見えたみうろこは、そもそもどういう事情のものなのか……。考えると、頭の中がそれこそ雲のようにもやもやする。

「ご連絡ください」とあるのに、連絡先などはどこにも書かれていなかった。こっちから連絡しようもなかった。

でも、ま、いいや。分かる時には、きっとそれと分かるだろう。そういうもののような気がする。

その夏は、以降、台風による豪雨もなく、比較的穏やかな天気が続いた。家の壁が異状を呈することはなかったし、あの親子がまたひょっこりと訪ねてくることもなかった。

不思議な話を心に刻みつつ、ぼくは次第に思い出すことも少なくなった。

透明な魔女は、目の底で泣く

静かだが深みのある女性ボーカルが、福音の歌《ゴスペルソング》を歌っている。

音源はタブレット型の端末で、部屋に備えられている小さな音響装置に無線で飛ばしている。

――世界は黄色の光に満ちている。でも、わたしに見えるのは灰色。雨上がりにかかるカラフルな虹も、白と黒。なぜ、わたしだけが陰鬱な空に囚われているの？　主よ、色彩の中へお導き下さい。

そういう意味のことを切々と訴えかける。

「神を見失い、世界から色がなくなってしまった者の心象。なげきと救済を求める気持ちに溢れた曲ね。厳粛な気持ちになるのは、自分の感情がまだすり切れていない証拠かしら」

椿かすみが言った。

当麻千里は照明の調整を済ませてから、声の主である椿かすみに目をやった。長い黒髪と色白な頬のコントラストが際立っている。この透明感は、高校時代から変わらない。いや、むしろ、再会してからの方が、より凄みを感じる。

「では、照明はこんなもので。眼科は専門じゃありませんから、あくまで参考程度ですよ」

当麻は、照明を整えたテーブルに椿かすみを呼びよせた。

大学病院の九階にある眼科フロアだ。隅っこの予備カンファレンスルームを貸してもらった。昼間の診療が終わってからなので、すでに窓の外は暗い。

「では、検査をします。といっても、ページごとに、書いてある数字を言っていただくだけです」

かなり使い込まれた石原式の色覚検査表のページを繰る。複雑な色あいのドットで描かれた数字が読み上げられるのを淡々と記録する。

検査表を別のものに取り替える時、当麻は色覚検査の歴史についてふと思い起こした。

「こういうのって、だいたい二十世紀のはじめには登場していたそうです。まずは、鉄道や海の安全運航のため。第一次世界大戦以降は航空機のパイロットの検査もですね。そのうち、徴兵の際にも、やるようになりました。今見てもらった石原式は、今でこそ世界じゅうで使われていますが、元々は、大正時代に日本の陸軍で考案されたものです。その頃、陸軍では色覚異常があると将校になれなかったとか。開発者の石原氏は、軍医で後に少将にまでなった人物ですね」

すべての検査表を終えると、当麻は脇に置いてあった卓上の顕微鏡のような装置を動かして前に持ってきた。

「アノマロスコープというそうです。色覚の検査の決定版みたいに言われるもので、ぼくなんかには扱いが難しいですが、基本的な検査くらいはできるだろうと貸してもらいました」

電源を入れると、椿かすみはアイピースをのぞき込んだ。

「なにが見えますか」

「円がひとつあって、その上半分が黄色。下半分がまた半分に分かれていて、赤と緑」

「ダイヤルをまわしてもらうと、下の赤と緑が混ざります。それぞれ混じりけのない単色ですけど、混ざったところは黄色になりますよね。それを、参照用の上の黄色と合わせてほしいんです。橙《だいだい》なら赤が強すぎだし、黄緑なら緑が強すぎます」

椿かすみは指示通りにダイヤルを操作した。当麻自身も、さっき自分でやってみたが、これはなかなか繊細な作業だ。それでも、当麻は、集中している彼女に、またもアノマロスコープの歴史について、蘊蓄《うんちく》を語りたくなる。

「これも原理的には古くからあって、二十世紀のはじめにはもう使われていたみたいです。その時の光源は石油ランプだとか。たぶんプリズムで分光して、赤や緑の単色を取り出していたんでしょうね。今ではＬＥＤを使えるので、その点、便利になりました。もっとも、新しすぎると、マイコン制御で、逆に取説をちゃんと読まないと使えないいんです。今使っている機種は、アナログの最後の世代みたいですね」

なぜ、こんなことを語っているのか、自分でもいささか滑稽だ。検査を受ける側にしてみれば、使われる機器や検査法の歴史など、あまり関心はないだろう。それでも、当麻は、この件に関しては、歴史について意識が向く。きっと、あらかじめ彼女に聞かされていた物語のせいだろう。

椿かすみが調整を終え、混色の黄の元になった赤と緑の比を確認して、一通りの検査は終了。

「どうだった？」と問われた。

「この検査で分かる範囲では、通常の色覚ですね。ぼくたちヒトは、網膜にある三種類のセンサー——錐体《すいたい》といいますが、それを使って色を識別しています。それぞれ、赤、緑、青にざっくり対応するピークを持っていて、だから、モニタなんかで色を出すのに、三色の混合で表現するわけです。つまり、レッド、グリーン、ブルーのRGB、です。かすみさんの場合は、通常通りのセンサーを持っていて、普通の見え方をしているみたいです」

「普通じゃない見え方というのは、どういうふうなのかしら」

「最近は使わなくなった言葉ですが、色盲っていいますね。センサーが二つ、場合によっては一つしかなくて色の区別がつきにくい状態です。それと、色弱というのは、三つセンサーがあるけれど、ちょっとずれている場合です。赤と緑のセンサーってわりと変異が多くて、例えば、赤センサーが緑寄りにずれて、赤と緑の区別がつきにくくなっていたり」

「不思議なものね。色覚って、そういうものなの。人間が持っているセンサーが三つだから、三原色というのも新鮮だわ」

「光は電磁波なので物理的には波長によって決まっているように思えますけど、実際のところは、三種類のセンサーの出力をもとに脳が色を塗っているかんじです。色は光にくっついているんじゃなくて、頭の中にあるんです」

当麻は、手近にあった紙を取って、ささっと図を描いた。例えば、赤と緑をまぜると黄に見える原理。もしも、単色の赤の光が来れば、赤のセンサーが強く反応して、緑のセンサーの反応はそれほどでもない。単色の緑の光では、それが逆になる。では、赤と緑の間にある、黄色の光が単色で来たら？　赤センサーも緑センサーも、それぞれ感度の裾野があるので、両方が同時に反応する。それを黄色だと我々の脳が解釈する。ならば、赤と緑の単色を同時に受けたらどうなるか。当然、両方のセンサーが同時に反応する。センサー自身も、脳も、黄の単色を受け取った場合と区別できない。だから、我々はこれも黄色として認識する。物理学の一部としての光学と、人間の感覚を前提とした色彩学が時々、食い違っているように思える理由の一つはこのあたりにあるのだろう。

「霊長類以外のほ乳類は、センサーが二つのものが多いそうですよ。でも、もっと遡って、カンガルーとかの有袋類になるとセンサーが三つ。鳥類は四つあるそうなので、きっと四原色の世界に住んでいるんでしょうね。それぞれどんなふうに見えるのか、なんて問うのは、ナンセンスです。みんな違う色次元の色空間に住んでいるわけで、自分のセンサーで見えているのが、そのまま、その生き物なりの世界ですから。でも、人間のセンサーを元に調整された画面や印刷物を見ても、他の生き物にとっては自然な色には見えないでしょうね」

「ふーん、色覚って本当に奥深いのね。興味深いわ。あたしの祖父母や曽祖父母の代も、よく色覚検査を受けたそうだから、あたしたち、違う見え方をしているのかもしれないと思ってた。あなたの言葉で言えば、色次元の色空間が違う、みたいな」

椿かすみは大きく伸びをした。侵しがたい雰囲気は、この時ばかりは少し弛緩《しかん》する。

「ところで、黄色って、特別ですか？」

「黄色が……どういうことかしら」

さっきから繰り返している福音の歌だ。

「世界が黄色の輝きに満ちている時に、わたしには灰色しか見えない。この曲、タイトルが色盲《カラーブラインド》です。出てくる歌詞で、黄色がなにか特別扱いされているんですよ。他にも虹色とか、カラフルとかいう単語が出てきます。でも、個別の色で出てくるのはyellow だけなんです」

椿かすみは目を細めて当麻を見た。透明な硝子《ガラス》で護られているかのような、例の侵しがたい雰囲気が戻ってくる。

「もう少し詳しく言ってみて」

「ビートルズの『イエロー・サブマリン』とか、コールドプレイの『イエロー』とか、なぜ黄色なのか分からない英語圏の歌って結構ありますよね。それに、かすみさんは、エメラルドシティのドロシーなんですよね。エメラルドとイエローでは、どう違いますか」

　当麻はタブレット端末をすっと前に押し出して、最近ネット配信された記事の写真を拡大した。ドロシー・イン・ザ・エメラルドシティという文字と、室内で再現した竜巻が写っていた。

　椿かすみがカンザス州で行った特別展のインスタレーションが話題になり、報道されたものだ。日本の新聞社の北米駐在の記者が訪ねてきて、日本語でもニュースになった。椿かすみは、雲や竜巻を室内で再現する魔法使《ウィザード》いのようだと評され、その連想から「エメラルドシティのドロシー」という異名をもらっていた。

「エメラルドシティは、虚飾の象徴だけど、黄色、yellowは、もっと真実というか、太陽の光をイメージさせる色かな。子どもが色鉛筆で絵を描くと、大抵、太陽は黄色く塗るでしょう。歌でいえば、ビートルズも、コールドプレイも、輝かしいものとして、yellowを使っていると思う。あたしだって、ネイティヴじゃないから、はっきりとは分からない。そういえば、英語じゃないけれど、ゲーテの色彩論でも黄は、一番、光に近い色だってことになっていたんじゃないかしら」

ああ、そうか。黄色は太陽の色。光に一番近い色。あまり科学的ではない気もするが、当麻は一応のところ納得した。こういうものは、真偽よりも、納得感が大事だ。

＊

当麻千里には、独特の鋭さがある。

高校時代とは違い、饒舌になるところに最初、椿かすみは違和感を持った。しかし、よくよく見ると、どんな時にも表情を崩さない。饒舌さとは、相反する属性のように思えるが、彼のしゃべり方や表情には不思議な安定感があった。

yellowという色覚について問うてきたのは、まさにその鋭さと盤石の鷹揚《おうよう》さを兼ね備えた口調でだ。かすみの回答に大きくうなずいた時、決して消すことのできない好奇心の光が目に宿った。

「エメラルドシティは、虚飾の象徴だけど、黄、yellowは、太陽の光をイメージさせる色、ですか。そう言えば、ブラッドベリの『太陽の黄金の林檎』って原題では、The Golden apples of the sunだけど、元になった神話の中では、appleって、実はオレンジのことだって聞いたことがあります」

そのように総括する当麻千里は、この件については充分に腑に落ちたのだろう。

大学病院の一室から場所を移して、話は続いている。徒歩十分ほどのところにあるカジュアルフレンチだ。琥珀《こはく》色をした南米産の白ワインを揺らしながら、かすみは当麻千里の魂の尻尾を捕まえたような気持ちになった。高校生の時にはそれほど表に出ていなかったが、この子には、世界をもっと知りたいという好奇心がほとばしる瞬間がある。

「かすみさんが送ってくれた絵ですけど、なにか心に引っかかるものがありました。あれは、おばあさんのものだったわけですか」

祖父母の写真館にかつて掛っていた絵だ。写真館に絵画というのも変だが、写真と絵画がごっちゃに展示されていた。祖父は写真を撮り、祖母は絵を描いた。かすみが、高校で写真部に入ったのも、祖父の影響がなかったとはいえない。一方で、絵画ではなくとも、インスタレーションに興味を持ち、芸術系の世界に進んだのは、祖母からの遺伝だと個人的には思っている。

当麻千里が言及した件《くだん》の絵は、遠目には、世界地図の上にいる人々、というふうに見える。東アジアと太平洋地域が床に描かれた部屋があって、宙に浮いた椅子に人々が座っている。ヘッドホンをした者や、電信式の通信機でモールス信号を打っている者や、なにやら暗号解読機らしいものに取り組んでいる者もいる。上には空が描かれているが、これが細かいドットで表現されていて、さっき見た色覚検査表のようだ。幻想的で不思議な絵だ。

「終戦の頃、長崎の大学が中心になっていた気象関係の計画があったそうなの。祖母もその計画の中に組み込まれていて、その時の印象を描いたものだと思ってる。まだ小学生くらいだったから、それほど正確ではないはずなのだけれど」

「具体的にはどういうものだったんですかね」

「気象にかかわる不思議な能力を持った者を、当時、版図であった各地に派遣して、気圧、気温、風向風速といった普通のデータ以外のなにかを同時に見させるということね。それで、東アジアと太平洋地域の広域予報をするわけ。センターが長崎で、連絡を受ける側にも、同じ能力者が必要だったそうよ。今の数値計算の天気予報みたいなことを、コンピュータのない時代にやろうとしていたのかもしれないわね。もちろん、今から見れば、データが足りなすぎて、実現できるわけもなかったのだけれど」

「なるほど、それは壮大な計画だ」

当麻千里は、理解が早い。元写真家志望で、今は医師。それも内科の臨床医。芸術《アート》を見る目と、医師としての技術《アート》を持っている。かすみからすれば、それは、語り合うに足る正しい資質だ。

かすみがずっと調べてきた一族の謎について、現代医学からはどのように見えるのか、独立性の高い意見を聞いてみたいと思ったら、ある程度、気心の知れた、利害関係のない者に頼るしかない。おまけに、今の医学の常識にとらわれず聞く耳を持ってくれる者でなければならない。当麻千里はそこにぴたりと当てはまった。だから、こんな話をしている。

「しかし、よくもまあ、そういうことを調べ上げましたね。正史にはない、埋もれた事実、というやつじゃないですか。ましてや、長崎の大学といえば、資料も残っていないものが多いでしょうし」

「あたし、高校の時に海外に出たでしょう。海外に出るということは、アイデンティティの問題にも直面するということで、自分の母国や、家族について、よく考えるようになったの。でも、家族については、親戚づきあいが少なくて、親もどことなく話をするのを避けているふうでもあって、居心地が悪かった。室内雲のインスタレーションをやるようになってから、自然と過去を知る人が集まってきたのよね」

かすみ自身、自分の力に気づいたのは、比較的、幼い頃だ。空の見え方が人と違う。同じ青空でも、暖かいところと冷たいところはくっきり分かれていて、それが混ざっていく時に、雲が生まれるということも、当たり前のように感じていた。光が飛び散る様子に魅了されて、長い間、見ていると目がちかちかして頭痛がした。かろうじてつきあいのあった母方のおばさんが、蓋をしておけるおまじないを教えてくれて、多少ましになったとはいえ、かすみにとって、自分が人とは違うものを見ているのは、ずいぶん孤独を感じさせられることだった。

一度、親しい友人に告白したところ、「へえ、どんなふうに見えてるの？」と素朴な質問をされた。説明するのがとても難しかった。というより、説明できなかった。かすみにとっては、自分に見えているものがすべてだ。違う色覚を持った人、違うやり方で色を見る生き物にとって、どう見えているか問うのはナンセンスと当麻千里が言った時、実は心中で「その通りよね」と相づちを打っていた。

のんびりとワインを飲み、食事をした後、「少し散歩でもしませんか」と誘われた。

「夜桜がきれいなところはある？　もう時期が遅い？」

「桜は、もう葉桜ですね。でも、夜景というか、ちょっと案内したいところがあります」

店を出ると、かなり冷え込んでいた。先週、満開だった桜は、この数日の寒気と強い風で、一気に散ってしまったそうだ。

歩き始めて数分くらいで、堀を渡った。戦国時代からの城で、たしかに夜景スポットとしても人気がある。

「椿の花ね」

本丸の脇を通り過ぎる道に入ったところで、かすみは指さした。暗がりの中で、くっきりと大ぶりの花が咲いていた。

「園芸家に人気のある原木だそうですよ。ぼくには分かりませんけどね。もう少し行くと、木材加工所の跡がありまして、見てほしいのはそのあたりです」

当麻千里は少し歩幅を広げた。そして、城内でもうっそうとした区画に入り込んだ。

「当麻君……夜の森林浴でもするつもり？」

「いえ、すぐそこです。ほら、見えますか。樹齢六百年以上、築城の頃にはもうあったと言われるカヤの老木です。なにしろ、初代城主が、大坂冬の陣に出陣する時に、武運を願って、実を食べたというほどで」

かすみは、小首を傾げる。

そんな昔の話がどう関係あるのか。

いや、関係あるのかもしれない。築城に際して、雲行きを見る観天の者は重宝されただろう。椿という名にしても、かつて、房総半島にあった椿の海という湖の干拓にかかわった者だという話を聞いたことがある。もちろん、親や親類ではなく、別の筋からだ。

「それにしても……当麻君、巨樹マニア？　写真に撮ったりとかしている？」

「いえ、お見せしたいのは野鳥ですね。ぼくはマニアってほどじゃないですが、友人がここを教えてくれまして。カヤの枝にいるのが分かりますか。オオコノハズクです。つまり、フクロウの一種です。この木のウロに巣を作ってまして、夜なら見られます。あのあたり、頭でっかちのやつがいますよね」

当麻千里は、携帯端末を操作して、その方面を拡大表示しようとした。しかし、暗すぎる。そこでポケットから出したレーザーポインタのようなもので指し示した。もわっと広がった光が、たっぷりした枝を照らした。

「ああ、見えた。あそこに！　立派なものね」

かすみが言うと、オオコノハズクは翼を広げ、ふわっと宙に浮いた。羽ばたきの音すらさせない静寂な飛翔で、夜闇に溶けた。

「やっぱり、そうだ」と当麻千里が言う。

「オオコノハズクって、こんな街中にいるのね。コウモリが神社にいるのと同じみたいなもの？　夜の生き物だから目につかないだけで」

「ええ、そうです。でも、問題は、椿さんの視覚です。今、光を当てましたよね。これ、家電のリモコンです。出ているのは赤外線で、可視光線じゃありません。ぼくには見えない。こうやって、デジカメのセンサーを通せば、見えるんですが」

当麻千里は、柄にもなく興奮していた。

かすみは、自分の心拍が速くなっていることに気づく。

彼の意図はともかく、たしかに、今、謎がひとつ解けたのかもしれない。

かすみに見える光が、当麻千里には見えないという。

「通常の色覚検査をすべてパスしているわけですから、さっき言ったRGBのセンサーは揃っているはずなんです。では、第四のセンサーが、赤外域にあるのか、という話になります。これ、すごいことですよ」

「当麻君としては、症例報告にできてうれしい、ということかしら」

かすみは、冷たい皮肉を込めて言った。

当麻千里の興奮が、かつて、かすみの祖母や曽祖母が長崎の大学で出会った医師や研究者や軍人と変わらないもののように思えたからだ。

「いえ、そうではないですね。単純に感動してます。教科書にしか出てこないような、突然変異と自然選択の実例をひょっとして見ているのだとしたら……と」

「では、次はどうするの？　あなたが、あの時代の医師だったとして、あたしを、あたしたちを、どうしたい？」

　当麻千里が息を呑み、一歩後ずさった。

＊

「空を見て、空気の寒暖が分かるというのは、要するに赤外線を見ているからじゃないかと思ったんです」と当麻は言った。

　椿かすみは、一瞬、修羅を背負ったような冷たい迫力を漲《みなぎ》らせたかと思うと、ふっと息をついて肩を落とした。

「いいわ。その仮説、聞かせて。実際、あたしの北米での活動を支援してくれている財団の科学者がそのようなことを言っていた。あたしは検査を受けていないけれど、そのような人が日本にはいたようだ、と。美術史の研究をすると、別の色覚を前提としないと説明しにくい色遣いとかがあるそうよ」

「鳥の目には、四種類の波長の光を感じるセンサーがあるって言いましたよね。あれは、四つ目はもっと短い紫外線に近い波長なんです。目のレンズ、水晶体は紫外線をカットするものが多いんですが、鳥では透過するようにできているそうです。生き物として、四つのカラーセンサーを持っているのは不思議じゃないということです」

「でも、あたしに見えるのは、赤外線なのね」

「ヒトの女性で、四種類の色を感じ取るセンサーを持った人は一定数いるんですよ。青はともかく、緑と赤を感じる錐体の遺伝子は、結構、変異しやすくて、おまけに、性染色体のX染色体の上にあります。女性は、母と父から一本ずつX染色体を受け継いでいます。赤と緑の錐体の遺伝子も、母からもらったものと父からもらったもの、二種類です。それらが、微妙に感受性が違うものでも、通常は多数派の色覚と同じになるんですが、中には無視できないくらいずれている人もいて、その場合、緑に近い二つの原色を識別することになります。これ、『ふたつの緑』の問題として眼科の世界では有名だそうです。じゃあ、赤のセンサーが変異して、赤外線に感受性を持ったらどうですか」

「なにか嫌なくらい、整合性がある気がする。女性の方が能力を発現することが多いのは、X染色体を二本持っているからと言える？」

「そうかもしれません。そして、そういう特別なセンサーを持った人が、赤ちゃんの頃から、普通とは違う視覚の入力に対応して脳神経を発達させていったらどうなるんでしょう。目というのは、脳の一部って言われるくらいですからね。結果的に、視覚野だけに限定されないくらい、大きく脳のネットワークが変わっていても驚きません」

当麻は、力を込めて語った。自分がこの問題に惹かれる理由はなんだろうと思いつつも、つい熱が入るのを止められなかった。

椿かすみは、しばし、考え込み、そして、顔を上げた。

「場所を変えましょう。まわりで聞いている人がいない場所。まだ、天守閣がぎりぎり開いている時間よね。上までつきあって」
そう言って、つかつかと歩いて行ってしまった。
まあ、本来、求められたのは夜景だ。天守閣の展望所は、もってこいではある。
館内エレベーターで五階まで上がり、そこからは二階分階段を使う。
すでにほかの客の姿もなく、十分か二十分で降りなければならないだろう。おまけに
この高さだと風が強いし、肌寒いどころではない。たしかに椿かすみの希望通り、まわ
りで盗み聞きされる余地はなかった。
「あたしの祖母が描いた絵をもう一度見せたい。あなたのタブレットを借りていい？」
当麻が鞄から取り出して差しだすと、椿かすみは素早くウェブのアドレスを打ち込ん
だ。
「これは鍵をかけてあるサイトの隠しページなの。あたしの支援団体が、この絵に興味
を持って、あれこれ分析したのよ。世界地図の上に、電信電話を受けている人たちが浮
いている絵柄に、もう一つ仕掛けがあった。これ、特殊な塗料が使われていて、赤外線
で見るとこうなるの――」
椿かすみが画面を指先で叩き、表示を切り替えた。
「これは……」当麻は息を呑んだ。
世界地図や人々を大きく覆う枠組がある。それは巨大な眼球を思わせた。眼球の中に、
すべてが沈んでいるのだ。

「てっぺんの天蓋部分にあるのが、角膜と水晶体。空から差す光がそこを通って降り注ぐ。そして、世界地図がある部分が網膜ですか。これどういう意味なんだろう。幻想的というなら幻想的ですけど」

「意味は……分からないわ。でも、あたしには、祖母が、長崎の大学でなにをされたのか、あるいは、仲間がどんなふうに扱われたのか描きたかったのかも、と思うの。当麻君が、もしも、医師としてそこにいたら、どんな方法でなにを調べたい？」

「……網膜や視神経の標本があれば、つぶさに見たいと思うでしょうね。亡くなった方がいたら、遺族の許可を得て解剖をさせていただいて。当時は、今のような視覚の仕組みの知識もまだ確立していなかったはずなので、非常にチャレンジングな仕事になったと思いますけど。今なら、ゲノムレベルで、すべて読み込んで、変異を特定することもできるんですけどね」

「実際に、なにが起きていたのか今となっては分からないのだけれど。でも、そのあとで、あたしの祖母たちが、存在を消して生きようと思ったのは、よほど嫌なことがあったんだと思うの。それでも、あたしの祖母は、椿の名を残したし、仲間たちとつながっていたいのか、バラバラになりたいのか、どっちつかずのところがあった。つまり、あたしたちの世代に選べと言っているんじゃないかって感じる」

「どういうことですか……」

「そうね。ふたたび集まるべきか、このまま埋もれていくべきか」

天守閣の公開時間が終わるというアナウンスが入り、展望所からの階段を降りた。

その後、終始無言だった。

ふたたび、椿かすみが口を開いたのは、堀を渡る橋の上だ。城内に入った時とは逆側で、城内一の桜の名所だが、すでに散っている。

「だから、問題は、あたしたちの先行きなのよ」

当麻は、その言葉よりも、彼女の背後にあるものに目を奪われた。

水面に漂う花びらが吹き寄せられて、一角を真っ白に染めていた。天守閣の方から漏れる光が、それを際立たせていた。

冷たい風が強く吹くと、水面にうねり、仄白《ほのじろ》い花びらの膜を脈動させた。当麻の目には、氷の剝片が無数に寄り集まって、堀を埋め尽くしているように見えた。いつだったか、日向早樹や写真部の仲間と飲んだ帰りのように、大粒の雹に埋め尽くされたかのような。

「早樹も、同じ一族の出だって気づいていたわよね」

椿かすみがふいに日向早樹のことを話題にし、当麻は見透かされたような気がした。

「ええ。話の途中から、そうではないかと薄々と」

「同じ時期に長崎にいて、生きのびた孫の世代だから。あたしも最近になって知ったこと」

たしかに、高校時代、天気にまつわる予知夢のようなものを見ていた日向早樹は、まさに、椿かすみが言う一族の特徴をあますところなく備えているように思えた。

「ほかにもいるわよ。この近くに住んでいる大学の元先生。面白いことに、それが、あたしをカンザスシティで取材した日本の記者の恩師なのよ」

「へ、それって、まさか、八雲先生？」

当麻は自分が、かぎりなく間抜けな声を出したことを自覚した。大学の元先生、と聞いた時に、なぜか八雲先生の顔が思い浮かび、反射的に口に出してしまった。

「知っているんだ。同じ大学だし、あの記者と年齢も近いものね」

「八雲先生のゼミだった友人はいますし、面倒見がよくて、人気がある先生でした。今は古民家の改造とかやっているそうですよね。微気候、だったっけな？　天気を意識した建て方をしていたはず。実は少し話したことがあるんですが、ちょっとおっちょこちょいで天然なかんじの人ですよね」

「そうか、当麻君も知り合いか。おっちょこちょいで、放っておけないところがあるけど、実は頼りがいもあって、信頼してもいいかって思わせる不思議な人ね。あたしは、ずいぶん前に会ったきりだけど、記者さんとはずいぶん話が盛り上がったわ」

「なんて言ったらいいか……世界は狭いですね」

「ええ、本当に、いろいろな縁が集まってくる。磁力に引き寄せられるように。世界が狭いなんてものではないわ」

「たしかに、ぼくも、かすみさんとまた会えるとは思っていなかった。結構、影響を受けてますから。写真家を諦めて医者になろうと思ったの、かすみさんのせいですよ」

「ならば、当麻君、相談があるんだけど」

「なんでしょうか」

　椿かすみが、侵しがたい雰囲気をまとっているのはかわりない。

　ただ、まとう空気の質が変わった。肌寒い夜風の中で、堀の水面でうねる氷の剝片を背負い、輝かしい太陽の黄色はどこにも見えない。薄暗がりでもなぜか赤い唇の他は、ひたすら無彩色だ。透きとおった頰と、黒髪と、背景の氷の脈動。オズの魔法使いのドロシーではなく、むしろ、魔女を思わせた。

「あたしたちの側に来る気はない？」

「はい？」

「あたしの支援団体は、多くのことを手がけているの。あたしに直接関係ある美術系の文化活動と、発展途上国への支援、気候変動や環境関係の活動……あたしも全部は知らない。それで、かなり上層部の人たちが、あたしたちの一族に興味を持っている。さっき当麻君が言ったようなことは、ゲノム解析も含めて、だいたい着手済み。そこで、あたしは、もっと自分、いえ、自分たちの意を汲んでくれるスタッフにいてほしい。あなたが医師として参加するなら理想的ね」

「それ、意味がよく分かりません。謎の団体すぎます」

「あとね、八雲先生と、早樹はいずれ出会うことになる。あたしにせよ、当麻君にせよ、いくつもルートがあるし、結構、近くに住んでいる。なにより、目に見えない磁力が働いている。早樹のことを少しでも知っているなら分かるでしょ。あの子、たぶん、八雲先生みたいな人に惹かれるわよ。抜けたところがあるけれど、経験と知識を備えた大人の男性というのは、ツボだと思うの。予断を与えないために、同じ一族の出だとは、気づくまでは言うつもりないけれど」

「どういうことなんでしょうか。出会ったら出会ったで、それは悪いことではないですよね」

「本当にそう思う？」

当麻は、目の前の女性をにわかに遠く感じる。いや、輪郭が膨張し、ふわーっと空に向かって拡散していくような。

橋の上のどこかに吹き溜まっていた桜の花びらが、飛び散った。当麻にはそれもやはり、氷の剝片に見えた。

「あたしたちはどうすればいい？」透明な魔女が尋ねた。

「この列島《アーキペラゴ》に生まれた、たまたまの突然変異？　それを埋もれさせた方がいい？　それとも、未来のために維持した方がいい？　早樹と八雲先生との出会いは避けるべき？　あの二人が惹かれあうのは困ること？」

当麻は、はっとして、息を呑んだ。

「これは古くて新しい問題。古い時代にも、戦時中の長崎でも、あたしたちの血統を、かけあわせて、より強い力を得ようとした人たちがいた」

「ああ……そうか」

当然、そういうふうに考える連中は出てくるだろう。気づかなかった自分が鈍い。今の感覚では許されなくとも、社会も医学もむかしはもっと野蛮だった。いや、今の時代は、その野蛮さが洗練されて、一見、分かりにくくなっているだけ、とも言える。

もしも、血統管理、みたいなことを考えているのだとしたら、倫理的な問題が山積しています。これからの時代、遺伝子の編集すらできるようになっていくだろうから、ますます物騒です。

そんなふうに伝えようとしても、透明な魔女はもう話しかけられるような輪郭を持たなかった。

そのかわり、空には巨大な眼球があった。

大気という流体の中に、ゆらゆらと浮かび、当麻たちが立っているのは眼球の底、網膜にあたる部分だ。

当麻は自分が、ホルマリン液で固定され、瓶詰めされた眼球の標本の中に閉じ込められているような、閉塞感を抱いた。

「かすみさん――」かろうじて声を出した。

返事はなかった。

「かすみさん！」今度は強く言い放った。

ふっと、風が動いた。

透明な魔女は輪郭を取り戻し、当麻の前で泣いていた。

雲の待ち人に、届け物をする

届け物を頼まれた。

本当は、ずっと前に頼まれていたのだが、ぼくにはその認識がなかった。気づいた時、ぼくは急がねばならないと感じ、旅の支度を調えた。

実を言うと、ぼくは生まれてこのかた地元を離れたことがあまりない。古くからの家系というわけではないが、ぼくが生まれる前から、すでに父母はここに住んでいた。ぼくは小中高はもちろん大学まで親元から通い、そのまま出身大学に勤務した。大学教員時代は、各地の学会に顔を出したものだが、独立して設計事務所を構えると、あまり移動を好まなくなった。地域に根ざし、土地の微気候の特性に応じた家造りを旨としていたから、仕事も地元が多かった。

しかし、時には旅をしてみるものだ。飛行機の着陸前に窓から見た光景は、山がちな半島が連なるぼく好みの地形で、胸が高鳴った。津々浦々、山間の谷筋で、どのような微気候が息づいているのか。そこに住まう人々の知恵を知りたい。そんな欲望を即座に感じた。

ぼくは胸のポケットから、小さな細いガラスの瓶を取り出した。そして、窓から差し込む陽光にかざした。すると透明なはずの瓶の内側にうっすら刻印された文字が浮かび上がった。底に沈んだたんぽぽの花びらから、金色の細かい粉が出て、わずかな窪《くぼ》みに付着しているのに気づかなかったら、そこに文字があるとは分からなかっただろう。そして、その発見から、ぼくは小瓶が作られた場所を知ることになったのだ。

空港からは、レンタカーを借りた。ひどく暑かったので、最初はエアコンをフル稼働させた。操作パネルには、Micro Climate Controller と書いてあり、ぼくは苦笑した。つまり、微気候制御装置。車内のごく限られた空間の「気候」をコントロールするという意味だ。しばらくして車内が冷えてくると、窓から吹き込む風を直接感じたくなった。エアコンを切って風を入れた。

鼻腔《びこう》に吸い込んだ空気の印象は、ひとことで言うならば、濃厚、だ。植物の匂いや、なまめかしい湿気そのものが、濃かった。なるほど、ぼくが託されていたものは、こんなところで作られたのか。なにもかもが、腑に落ちた。濃密で濃厚な空気の中で、生命が発するものをぎゅっと凝縮すれば、たんぽぽの花びらのような輝かしい液体になるのだろう。

河口の三角州に位置しおおむね平坦なぼくの地元と、この山がちな半島は別の世界だ。しかし、ともに愛すべきものと、ぼくは感じるのだ。

＊

旅をする直接のきっかけになったのは、大学で教えていた頃の学生、蓮見可奈だ。新聞記者になり、北米支局にいる彼女が、いきなりメッセージをよこした。

〈先生、報告です。雲のアーティストに会いました。日本ではなく、こっちでですよ！　びっくりしたでしょう！　彼女からことづてがあります。――〝「届け物」の行く先は決まりましたか〟ですって〉

メールを読んだのは、クライアントにプレゼンをした帰り道、小腹がすいてショッピングモールの中の喫茶店に入った瞬間だった。ぼくはその内容を理解すると、思わずピョンと跳びはねた。

蓮見可奈が、唐突に北米支局へと異動になったのは一年以上前だ。その時は、「きみ、英語得意だったっけ」と疑問に思ったものだが、本人は嬉々《きき》として「そんなの気合いですよ」と述べていた。赴任直後から「こんなのを書きました」といくつも記事を送ってきたので、気合いは充分に通用したのだろう。そして、彼女は、かつて、ぼくたちの前から忽然《こつぜん》と消えた、雲を操る芸術家と再会したというのである。偶然というか、やはり、気合いの賜《たまもの》かもしれない。

〈ＭｏＭＡってご存知ですよね。ニューヨークの近代美術館。彼女、ＭｏＭＡの分館で個展をした上で、全米の美術館を回っているんです。まるでミュージシャンみたいですよね！　わたしが訪ねたのは、カンザスシティです。カンザスといえばオズの魔法使いですよ！　エメラルドの都ですよ。子どもの頃、穴が空くくらい読みましたから〉

ぼくは正直、むっとした。一応、アートとも関係の深い建築の仕事をしているわけで、MoMAを知らないはずがない。先端的な表現者にとって、ニューヨークの近代美術館は特別な場所だ。そこで個展というのはまさにステイタスだ。優れた現代芸術家でも、ハードルは高い。しかし、ぼくは雲のアートを知っている。あれなら、たしかに物見高いキュレーターの目に留まっても不思議ではない。

〈とにかく、書いた記事を読んでください。彼女、こっちではドロシーと呼ばれてるんです。エメラルドの都への道を創るって意味です。まさに、Gateway to the Emerald City なんですから！〉

ぼくは蓮見可奈が添付した記事に目を通した。

要旨はこんなふうだった。

室内に様々な形の雲を作り出す日本出身のアーティスト・CJドロシーが、MoMAに認められ、現在、全米の美術館を巡回している。このたび、カンザスシティでは、最新のコンピュータモデルによるシミュレーションを活用して、室内で小さな竜巻を再現させた。カンザスシティの美術館展示担当者ジュリー・ガーフィールドは「この地域では、竜巻の被害が多く、一般にとても忌み嫌われる。しかし、この展覧会では、来館した者たちすべてが賞賛した」と述べた。一方、CJドロシーは、「近い将来、竜巻のメカニズムが解明されれば、被害を抑えられるようになるでしょう。雲の科学はアート。アートと科学には、人を救う力がある」と力強く語りかけた。

記事に添付された写真は、室内に再現された竜巻のもので、幻想的にして美しかった。単に竜巻だけではなく、その親になる積乱雲のようなものも上に浮かんでおり、たしかにものすごい技術であり芸術だった。

そして、彼女からのことづてが、さきほどのひとことだった、わけだ。

もっともこれだけでは、ぼくはさっぱり分からない。

蓮見可奈に〈それだけ？　はっきり言って、意味不明なんですけど〉と伝えると〈まだ先があります。でも、それこそ、わたしには意味不明ですよ〉と返事があった。

いわく——。

〈瓶詰めのお酒は、あなたのものであって、あなただけのものではありません。しかるべきところへ「届け物」をお願いいたします。本来は雲が流れるように、じっくり時間をかけてご縁を待つべきと思っておりましたが、あなたに接触する者もあったと知り、あえてことづけさせていただきます〉

蓮見可奈の言う通り、意味不明であることは間違いないのだが、ぼくには心当たりがあった。

自宅に戻り、机の奥にしまった細長い瓶を取り出し、透かし見た。この小瓶を譲ってほしいと言う父子にも会ったことがあり、ぼくはその時は断ったのだ。

浸け込まれてから長い時間がたっているらしい花びらが、少し崩れていた。金色の粉が瓶の内側にこびりつき、そこにうっすら文字が浮かんで見えた。

醸造所の名前？

ネット検索すれば、その文字列に相当する蔵が、九州西側の半島部にあったと分かった。今は名前が変わっているものの、所在地は同じようだ。ここを訪ねるべきだと、ぼくは自然と感じていた。

＊

空港からのレンタカーで、ぼくは知らない土地の空気を楽しみながらのんびり走った。実は、途中で道に迷ったのだが、あえてナビには頼らず、だいたい勘で動いた。干拓地の平坦な土地と、低山のつらなる丘陵が対照的だった。風がどのように吹いて、どう収束し、吹き抜け、吹き上がるのか、いちいち想像しては「ここに建てる家はどういうものがよいか」などと自由に妄想を膨らませた。

道の駅で休憩した時に、やっとぼくは、そろそろ目的地に向かわねばと真剣に考えた。昼食に焼き物の蒸し器で供される蒲焼《かばやき》を食べた店で、切り盛りしているおばちゃんに聞いた。

「これから、龍宮酒造に行くんですが、この近くですよね」

おばちゃんは、ちょっと目を細めた。

「あれ、ソノギさんに？　婿社長が亡くなって、一時、どうなるかと思ったけど、最近、若いもんが頑張っているらしいね」

おばちゃんは、ナプキンにちゃっちゃっと地図を描いてくれた。信号機をこえたら、最初に左に曲がる細い道を入れ、というくらいのものだったが、「分かりにくいからね。よく見てなよ」と付け加えた。

ウェブページにあった沿革を読むと、かつてこのあたりに散在した蔵が一つになった唯一無二の醸造所だという。地元の龍宮社への奉納でも知られ、戦後、龍宮酒造と名前を変えた。日本酒のコンクールで入賞多数。清酒の醸造では南限に近く、焼酎も造っている。ぼくがここを目指したのは、単にガラスの小瓶にあった改名前の古い蔵の刻印ゆえだ。

おばちゃんが「分かりにくい」と述べただけあって、めったにない信号機の先の小道は、木々に覆われて入り口が見えにくくなっていた。緑のトンネルとでもいうか。ぼくが借りていたのはそれほど大きな車ではないが、その道に突っ込むと両側のドアを枝が掠めた。

上り坂を慎重に進む途中で、いきなりブレーキを深く踏み込んだ。ふいに子どもたちが茂みの中から飛びだしてきたのである。

都会では見かけないランニングシャツ姿の男の子たち。そのあとを、女の子たちが笑い声をあげながら追いかけた。

ぼくは、思わず微笑んだ。

どことなく、映画かゲームの洞窟《ダンジョン》に入り込む気分だったが、ここには人が住んでいる。おまけに賑やかだ。あの子たちは、一瞬だけしか見えなかったけれど、少なくとも五人はいたはずだ。

ふたたび車を走らせると、すぐに木製の門があった。そこに緑褐色の球体がぶら下がっていた。小さな駐車場に車を停めてからしげしげと眺めた。ああ、杉玉か、と納得した。杉の葉を束ねて球形に整えたものだ。これを掲げると、その年の新酒ができたということで、その後、緑があせて枯れていくに従って熟成度も増していく。そんな意味だったか。

門を入ってすぐのところに古い蔵があった。扉が開いていて、中は昔ながらの酒造りの様子が再現されていた。ほんのりと香ってきた匂いは、酵母だ。大きな琺瑯《ほうろう》のタンクには、今も熟成中のお酒が入っているのだろうか。いや、ここは見るからに古く、訪問客用の展示だろう。壁にかけられた白黒の写真や、サイフォンの原理を使ったという無動力の瓶詰め器などが並べてあり、蔵の歴史が語られていた。

「どちらさまでしょうか。はて、きょうは酒蔵見学の申込みがありましたか」

奥から髪の白い男性が出てきた。木製のステッキを持ち、着ているのは作務衣《さむえ》という古めかしい格好だった。

「いえ、申込みはしていないのですが、ここに来なければならない理由がありまして」

男性の視線が険しくなった。当然だ。

「あの、届け物をしなければならないんです。たんぽぽのお酒、この酒蔵で造っているのではないですか」

男性はさらに目を細めた。警戒度が高まったようで、目を凝らしてぼくの風体をつま先から頭のてっぺんまで検分した。

「ということは、母への面会でしょうか」

「え、いや、そうかもしれません」ぼくは曖昧に答えた。

男性は六十代くらいと見た。ということは、その母親はかなりの高齢のはずだ。八十代、ひょっとすると九十代ということもありうる。

「母にとっては一番最後の頃の教え子さんでしょうな」

男性の母親は学校の先生だったのだ。ぼくの年回りが最後の教え子ということは、大学や高校ではなく、初等教育の教員だろうと、ざっと頭の中で計算した。

「ぼくは、八雲助壱と申します。教え子というのではないのです。不思議なご縁で、お届け物をしに参っただけでして、これを受け取っていただければ、と」

ぼくは、手に下げていた紙袋を差しだした。中には、木の箱の中に厳重に包装した例の瓶が入っている。空港に着いてから、ぼくは失礼のないようにきっちり梱包した。

男性は、眉を動かすと、中をあらためもせずに戻した。

「ならば、ますます、母にお会いいただいた方がいい」

か」

「と、おっしゃいますと?」

「きょうは、母が朝から機嫌がよいのです。たんぽぽのお酒を持って、白い鳩が飛んでくる、と申しておりました。少々、お待ちいただいて、会っていただけませんでしょうか」

こういう時には成り行きに任せる。それが、ぼくの流儀である。主体性がないというのは、すみません、自覚してます。ただ、ここでこうやって包みを渡して帰っても、本当の意味で、託されたものを届けたとは言えない気もしていたから、断る理由などない。

古い酒蔵の奥は事務所になっていて、裏口からいったん外に出た。少し離れたところに、古民家風の母屋が建っていた。ぼくの職業意識がにわかに高揚した。ひゅーと口笛を吹きたいほど、ぼく好みの建造物だった。

周囲には緑が多い。若干、管理が行き届いていないと感じるほど奔放に枝葉を伸ばした楠の木があり、神社の境内のような雰囲気を醸し出している。一方、古民家風の母屋は、きちんと手入れされていると分かる茅葺《かやぶ》きの平屋で、横溢《おういつ》する濃密な緑の中、その周辺だけが明瞭に人の領域だった。

ぼくが住んでいる地域よりも暖かいせいか、縁側は外にむき出しになっているいわゆる濡れ縁だ。奥の雨戸も障子もほぼ開け放たれていた。ぼくがこの家の改装を任されたら、この風の通る形を大事にしたい。夏の涼感は今のままでもかなり快適だろう。一方、冬の寒さは、どの程度なのかによって、対策も違ってくる。おそらく、壁は断熱材を入れて、外は大壁、内は真壁。蓄熱土間を作って熱を循環させるだけでも、ずいぶん暖かくなるはずだ。いや、九州の冬はそこまでやる必要もないのだろうか……。

ステッキの男性に先導されて、ぼくは廊下を歩いた。床材はよく磨かれて黒光りしており、風格があった。廊下の曲がり方や屏風《びょうぶ》を使って、風の通り道をうまく分岐させているのが分かった。ぼくは古い時代の設計者と、対話しているような気持ちで、ついうっとりした。

「わたし自身は役所を定年になりましたが、今は地元の資料館に勤めております。酒蔵の経営にはかかわっておりませんで、父が亡くなってからは、もっぱらわたしの息子の代がやっております。ええ、この屋敷は古くからのものですよ。かつては大家族で、出入りする人も多かったようです。地元のサロンのようになっていまして」

男性は歩きながら語ってくれた。

やがて目的の部屋についた。こぢんまりした畳の間で、家屋のヘソにあたる場所らしい。狭い分、寒暖の制御がしやすい。仕切りの壁は、屏風のような可動式のもので、風を通すのもさえぎるのも自在だった。

「母は、お客さんを待つんだと、張り切って朝から着物を出してきましてね。この部屋でうつらうつらしております」

ぼくはお辞儀をして、敷居をまたいだ。

座椅子にちんまりと座るおばあさんは、ぼくを見ると顔全体で笑った。

髪は完全脱色したように白く、皮膚はしわだらけなのに、目がくっきりとして力を持っていた。黄色い花柄の着物が、実によく似合う。今の若い連中なら「かわいいおばあちゃん」とでも言いそうだ。

「よくいらっしゃいました！　こちらにいらしてください」

元教師らしいはきはきした声で、おばあさんはぼくを迎え入れた。

「さあ、お座りなさい。しゃちこばらないで、足を崩してね。今か今かと待っていました。朝、庭を散歩していましたら、鳩が来たのです。それで、わたし、ずっと白い雲が育つのを見ながら、そわそわしてしまって。この歳になってノンキに暮らしていても、ソンキが変わるわけではないですね」

ぼくは、言われるままに座布団の上であぐらをかいた。

おばあさんと、目の高さが近くなった。すると、急に彼女は前屈《まえかが》みになった。活力のある目で、ぼくのことをしげしげと見つめた。

「あら、キヨシさんじゃないの！　キヨシさん、本当にお久しぶりね。ハカセにはなれたのかしら。きっとなれたのね、とてもいい顔をしているわ」

おばあさんは、目にうっすら涙を浮かべるものだから、ぼくはびっくりしてしまった。

「ああ、本当によかった。キヨシさんが来てくれるなんて。鳩を見てから、誰かが来るんだと思っていたんですよ」

「え、あの……そんな、ぼくはそういう者ではありません」

ぼくはやっと声を出して、懸命に否定した。おばあさんのしわの寄った頰にそって涙が流れ落ちるのを見ていると、なにか非常に重大な誤解につながっているのではないかという懸念が大きくなった。

「おばあさん、ぼくは、八雲といいます。八雲助壱。きょうはじめてお目にかかると思います。すみません、そのキヨシさんではなくて」

耳が遠いかもしれないおばあさんのために、ぼくは一言ひとこと、区切って述べた。

さすがに通じたようで、おばあさんは、目を細めて、「ああ、とんだ失礼をしました」と頭を下げた。おばあさん自身が、がっかりしているのが表情から伝わってきて、ぼくは胸がきゅんと痛くなった。

「ええっと、これをお渡しするように言われているんです」

ぼくは紙袋から取り出した木箱を差しだした。座卓の上で蓋を取り除くと、白い綿を敷いた中で、細長い瓶が外の光を反射して輝いた。

涙を拭いたおばあさんが、目をしばたたいた。

ふたたび、目の中に光が宿った。

「あら、懐かしい！　これは、むかしうちの蔵で作っていたのですよ。この瓶も、長崎のぎやまん細工師のものでねぇ。わたしの父がこういうモダンな品が好きだったので……」

おばあさんは、顔を上げた。その視線は、鋭くも優しくもあった。

ああ、学校の先生だ、とぼくは思った。対面する者を一瞬にして、自分の小学生時代に戻してしまうような魔法の力を持った眼差《まなざ》しで、おばあさんがぼくを見ていた。

「南雲さん、でしたか」

「いいえ、八雲です。八つの雲」

「やはり、雲のお名前なのですね。わたしの夫の旧姓は、東雲《しののめ》、でした。蔵を継いでもらったので、わたしの方の姓を名乗りましたが」

「はい、ぼくも雲です。その小瓶も、雲の芸術家から届けるように言われました」

ぼくは蓮見可奈から送ってもらった記事をおばあさんに見せた。室内で竜巻を作り出しているやつだ。おばあさんは、文字は追えないものの、写真の方はなんとか分かるようだった。

「あら、これはすごいわ……ええ、雲は芸術ですね。けれど、時々、恐ろしい顔を見せます。雷も雹も怖いものですけど、わたし、とても怖い雲を見たことがあります。それに、若い頃、雷に撃たれたことがあるんですよ。建物に落ちたのをもらってしまって」

「ああ、側撃ですね。ひどい目にあいましたね。ご無事でよかった。ぼくが住んでいる町では、雷もそうですが、このところ駅前が水没して閉口します。三角州の町なんで、もう、ひどいもんです。低い土地にある大学病院が、患者を受け入れるためにボートを使うことがあるんですよ」

「西から南から、水をいっぱい吸いこんだ空気がやってくる。そして、水の繭を作る。

ずっと前に、キヨシさんたちに教えてもらいました。懐かしいわ。今まで忘れていたのに、思い出しました」

「気象の研究者ですか。キヨシさんというのは」

「教え子です。終戦の年に、ほんの一学期だけ、担任しました。初任でしたし、おまけに、みな行方が分からなくなってしまって……。いつか会えると信じて生きて参りました」

おばあさんは、箱の中から細い小瓶をとりあげ、掌の上に置いた。老眼鏡をつけて顔を近づけると、そのまま動かなくなった。

「どうかされましたか。なにか……」

ぼくは身を乗り出して、両手を差しだした。卒倒して、倒れかねない、と本気で思ったからだ。

おばあさんは、掌の小瓶を、両手を使って胸に押し当て、目を閉じた。

ぼくは座り直して待った。おばあさんの表情が次々と変わり、話しかけにくかった。喜怒哀楽、それだけでは尽くせないような深いところからわき上がる感情が、次々と顔に現れるのである。おばあさんは、涙を流さずに泣き、頬をゆるめずに微笑んだ。そして、息をつき、目を開いた。細長い小瓶を胸に押し当てて、何度も何度も深呼吸を繰り返した。それは、本当に長い息で、自分の心音や呼気に宿った魂を瓶に詰めようとしているかのようだった。

「この瓶は、わたしが、その頃、お守りにしていたものなんですよ。上質のお酒には、スピリット、魂が宿ると父が言いまして。それで、わたし、子どもたちと別れる時に、持たせたのです。あの子たちは、あの日、長崎にいました。それっきり、消息が分からないのです」

ぼくは最初、意味を捉えかねた。しかし、すぐに理解した。

おばあさんは、問わず語りに、当時のことを話し始めた。

県内とはいえ、隔絶された地域の半島の国民学校に、初任の教員として赴任したこと。

特殊な疎開者のための分教場があり、子どもたちは不思議な能力を持っていたこと。

空を読む力。たとえば、梅雨時になると、西南の海から湿気が流れ込むのが「見える」。地元の漁師ですら分からないほどの天候の機微を読み取る。それを、龍神様の通り道といい、子どもたちにとって、龍神様は、想像上のものであれ、実在するのと同じくらい存在感を持っていた。

ぼくは、そのあたりで、はっと胸を押さえた。

この前の台風シーズンに、ぼくは、龍のうろこと言われるものをこの目で見た。今となっては自分でも信じられないのだが、見えたものは見えたとしか言えない。そのことを連想したのだ。

おばあさんは、宙に視線を泳がせながら、ゆっくり語り続けた。学校の先生だっただけに話し方はうまく、整然としているのに、情感に溢れ、ぼくは自分の両親すらまだ生まれていなかったはずの時代に滑り込み、話の行方に一喜一憂した。

最後の場面では、ぼくも茫然とした。語り終えたおばあさんの微笑みの前で、ぼく自身、身動きができなかった。

我に返ったのは、部屋の入り口から、声がしたからだ。

「トウコばあちゃん！　ただいまあ！」とかわいらしい声で言ったのは、小学生らしい女の子だった。

「おかえり、マリヤ。学校はどうだった？」

「楽しかったよー！」

マリヤと呼ばれた女の子は、十歳前後の子どもの潑剌とした動きで、廊下を走り去った。

「おてんばに育っていますよ。わたしのひ孫です。孫の顔どころか、ひ孫が育つのを見られるなんて、わたしは長く生きすぎましたね」

「マリヤちゃん、って言いましたよね」

「たまたまです。わたしはなにも言っていないのですよ。なのに、はじめてのひ孫は、教え子と同じ名前になりました。でもね、おてんばぶりは、やはり、わたしに似ているわね」

そして、おばあさんは、ぼくをまっすぐに見た。

「八雲さん、とおっしゃったわね。わざわざお守りを持ってきて下さってありがとう。このお守りがきれいな姿のままで今もあるというのは、あの子たちが難を逃れられたのだと信じます。だって、わたしたち、約束したのですからね」

ちょうど、遠雷の低いうなりが耳に届いた。

「あら、また雷ね。雹も降るかしら。あの子たちがいれば、すぐに分かるのに」

「きっと、そうなんでしょうね」

「ずいぶん、変な時代になったものだと思います。夏になると雹が降る。それは、よくあることでしょうが、こんなにしょっちゅうなのは、あの子たちと一緒にいた分教場以来なのよ」

「ぼくの地域でも、やたら雨が降ります。治水が追い着いていない」

「時代が変わり、天気も変わる。わたしたちは新しい世界を生きているのかしら……」

おばあさんは、一息入れてから、手を差しだした。

「だから、お願いです。もしもよろしければ、これをお持ちになって」

掌に載っているのは、細長いガラスの瓶だ。

「え、ぼくはこれを届けにきたんですよ」

「届けていただきました。それで充分です。お返しします。八雲さん、あなたにもよいお守りになりますように」

恐縮するぼくの掌に温かな小瓶が戻された。

「えーっと、申し訳ない」と廊下から声がして、ぼくが最初に会った息子さんが部屋に入ってきた。

「雲行きが怪しいので、早めに母を病院に連れて行った方がよさそうです。いえ、大きな病気というわけではなく、この歳ですので、いろいろと」

「あ、はい、長々と失礼しました！」ぼくは頭を下げた。

「いいえ、わたしは、きょうは病院には参りませんよ。それより、タケシ、八雲さんを送ってあげて。雨がくるまえに、少し庭も見てもらいなさい」

ぼくは、タケシと呼ばれた息子さんに案内してもらった。息子さんも、ステッキを使いながらゆっくりとした足取りだった。

繁茂する緑に飲み込まれようとしている母屋は、見ようによればジャングルの中の仏跡を思わせた。緑の中の小路を、ぼくたちは歩いた。

「あんなに、うれしそうな母は久しぶりに見ました」と息子さんが言った。

「母の初任地の話をされたのでしょうか。その話は、わたしたち実の子どもも、ほとんど聞かされていないのです。縁のある人たちだけの話だと思っています。去年でしたか、若い女性が訪ねてこられた時も、ずいぶんうれしそうにしていましたが、きょうはまるで娘時代に戻ったようでした。着物も自分で着ようとしましてね。最近、体調がすぐれず、伏せっていることが多くなっていたのですが……」

「それは申し訳ないことをしました。お加減に障らなければいいのですが」

ぼくは恐縮することしきりだった。おばあさんは、本当にしゃきっとしていて、まさに学校の先生、というかんじで、伏せっている姿など、想像もできなかった。

「いえいえ、お気になさらず。母にとっては、とても大事なことのようです。おいでいただいてよかった。惜しむらくは、最近、母は記憶が確かではなくなっていますので、あまり明瞭なことをお伝えできなかったのではないかと」

決して、そんなことはなかった。そう言おうと思ったところ、息子さんが立ち止まった。

「母は、これを見てほしかったのだと思います」

湧き水だった。そして、その隣には小さな祠があった。

「龍宮社の分社です。四海龍王《しかいりゆうおう》を祀っているそうです。酒蔵の方には普通に松尾様がいらっしゃるんですけどね。ある日、飛来した龍神様がここを掘るように伝え、清浄な水が湧き出したという言い伝えがあります。うちの初代はこの湧き水で清酒を造ったそうです」

「戦後、蔵の名前を変えていますよね。沿革をウェブサイトで読みました」

「まだ祖父の代ですね。珍しく母が強く希望したと聞いてます。もともと龍宮社の縁起と、蔵は関係があるわけですから」

息子さんは、さらに話を続けた。

「わたしの父、つまり、会っていただいた母の夫ですが、数年前に亡くなりました。少し面白い力の持ち主だったのです。信じていただけるか分かりませんが、天気をぴたりと言い当てる。酒造りは天気が重要でして、仕込みの一月には雨が降ってほしくないのです。雨が来そうなら、少しくらい時期を後にずらすですとか、そんなこともしておりました。諫早豪雨の時も、このあたりの者たちは、父に言われて避難して難を逃れました。そんな父が晩年、申しておりました」

ぼくはまじまじと息子さんを見た。

「先ほど母が申したかと思いますが、元々は、父の言いぐさです。新しい時代で、天気が変わる。気象が変わる。雨が降り、伏流水になり、川から海へ注ぎ、雲となり、天空を経て、また戻ってくる流れは、龍の一生のごとし。失礼ですが、あなた方も気象をそのように観るものなのではないでしょうか——」

途中から、声が遠く感じられ、雲が大きく高く育つ様に目を奪われた。

視界がなぜか暗転した。ああっ、とぼくは小さく声をあげた。

ふいに猛烈な風が吹き上げて、ぼくの体は宙に浮きあがった。

鼻腔にふくよかな酵母の匂いを感じた。

自分がガラスの小瓶の中に入り込んでしまったようにも思えた。

すーっと光が戻ってきた。すると、ぼくは小瓶に取り込まれたまま、雲を作る上昇気流の中にいて、宇宙にまで吹き飛ばされそうな勢いで昇っているのだ。

なんという力だろう。なんと圧倒的なのだろう。ぼくは生まれ育ってきた時代とも場所とも切り離され、地球をめぐるものになった。そう直感した。

ああ、そうか。ここは、始まりの場所なのだ。

小瓶に込められた思いや、注ぎ込まれた力の始まりの場所だ。圧縮された時間と空間の中で、圧倒的なものをぼくは感じ取る。

それは、空気の動きであり、水の動きだ。

雲が成長し、稔る。

雨が降る、雨が降る、雨が降る。

水が循環する。激しくめぐる。

ぼくはその中に身を置きつつ、同時に、遠巻きにも見ている。それは、循環の射影だ。どんどん時間が圧縮されて、全天が早回しの極光のように移り変わる。風が吹き荒れ、肌に感じる寒暖も、湿度も、激しく移り変わる。

ぼくの体は水に洗われ、雪に埋もれ、氷に削られ、何百年、何千年、ひょっとすると何万年もの変動を体験する。

足下を流れる水流も、空に育つ雲も、すべてつながっている。小さいものも大きいものも、同じ仕組みで、同じ原理で、めぐり続ける。

ああ、これは知っている。

雲の芸術家が室内で再現していたもの。瓶詰めのお酒の中に見た流れ。ぼくが日々気にしている家屋やその周囲の空気の流れ。それらすべてが相似している。いろんなものがつながって、この始まりの場所からはすっかり見渡せる。

頬が熱い。

涙が流れ落ちたのだと知った。

するとぼくは、今、に戻ってきた。相変わらず、空は激しく動いている。圧縮から抜け出しても、目まぐるしいほど速い雲の動きを見上げた。

ぼくの視界の端を白い影が横切った。なにか歓声のようなものも聞こえた。子どもたちが、笑いはしゃぐ声だ。ここに来る途中で見た子たちかもしれない。

風が弱まった。さっきより遠くなった雲の下に、黒々と煙る雨の帯が見えた。この一帯は、あの雲の雨からは逃れたようだ。

遠雷と一緒に、笑い声がまた聞こえ、遠くなっていった。

「お孫さんは、何人いらっしゃるんですか」とぼくは聞いた。

「ずいぶん賑やかですね。同じくらいの年頃のお孫さんですよね」と。

「孫はまだ一人ですが。さきほどお会いになられたでしょう。マリヤです」

「実は、ここに来る途中、子どもたちに会いました。たぶん五人くらい。お友達でしょうか」

「さて、誰でしょうね。近くにほかの民家があるわけでもなし、マリヤも学校から帰ってきたばかりです」

息子さんは顎に手をあてて、「いたずら好きの河童や小天狗の類かもしれませんな」と笑った。

解説——「感天望気」の物語

荒木健太郎

「空はこんなにも広く、深く、多彩なものだったのか」

本書を読み通し、感じたことをひとことで表現するとすればこれに尽きる。最初にお断りしておきたいのだが、私はほとんど小説を読まない。私は「雲研究者」と名乗り、気象庁気象研究所というところで観測・数値シミュレーションを通して災害をもたらす雲の仕組みを調べる研究をしている。論文や専門書籍は毎日読んでいるものの、小説の類いはこれまで接する機会がなかった（ただの怠慢かもしれない）。最近はサイエンス・コミュニケーションを通して雲や空をはじめとした気象の見識を広め、防災・減災に繋《つな》げようという活動もしている。そのような活動の中で、雲や空を表現するという技術が必要になってくるのだが、本書を読んでいく中で、何枚のうろこが目から落ちていったのかわからない。こんなにも多彩な表現が活字でできるものなのか、驚愕《きようがく》と感嘆の嵐だった。非常に主観的なものとなってしまうが、雲研究者という立場から本書について解説を試みたいと思う。

本書は気象を予知する能力を受け継ぐ、「空の一族」と呼ばれる人物たちが織りなすエンターテインメントである。微気候の研究者に加え、雲の芸術家（クラウド・ジョッキーと表現されている）など、気象・気候に携わる人物たちが登場する。本書は川端裕人氏が『雲の王』の続編として執筆されたものであり、こちらもあわせてオススメしておきたい。川端氏は小説家としての活動をされる以前、テレビ局の記者として気象庁を担当していた経験があり、気象一般や雲、関連する物理現象の描写は徹底的に科学に基づくものになっている。私が思うに、本書の水準まで気象に関係することを緻密に描写するためには、記者としての経験だけでは全く不十分である。この領域に辿《たど》り着くために、川端氏がこれまでどれほどの取材を行い、それを反芻《はんすう》し、身に付けていかれたのか、想像を絶する。

まず、冒頭の「雪と遠雷」を読み進めてすぐに「雲の物理過程としても、興味深い」という文言が出てくる。もうこの時点で心を摑《つか》まれた。この本は私のために書かれたものなのかと傲慢な錯覚をしたくらいだった。そして次々と気象に関連する描写が繰り広げられる。特に印象的だったもののひとつが、やはり冒頭部分で描かれている「薄暗い雲の底が泡立ち、風や雹《ひょう》が吹き荒れる」というものである。これは「乳房雲《ちぶさぐも》」と呼ばれるもので、発達した積乱雲の進行方向前方の雲の底に現れる雲である（次頁参照）。空や雲を見ることで天気を予想することは「観天望気」と呼ばれているが、この雲も突風や降雹を含め、天気の急変の前兆となるものである。

乳房雲。二〇一四年六月二九日に茨城県つくば市で撮影。この約一時間半後につくば市では雷雨となった。荒木健太郎『雲の中では何が起こっているのか』（ベレ出版）より転載。

乳房雲を意図した表現はこの他にも本文中に登場しているが、積乱雲の描写はやはり眼《め》を見張るものがある。我々が暮らしている大気の層は対流圏と呼ばれ、季節や地域によって変動はあるものの、日本付近の夏季であれば高度一五キロ前後までの空である。積乱雲はこの対流圏より上空までは発達することができず、対流圏の上部（対流圏界面）まで達すると雲が横方向にたなびくようになる。本書で積乱雲に関わる描写は各所に見られたが、そのどれもがダイナミックに発達していく雲の様子を美しく表現している。本書の登場人物である八雲助壱が雲の倶楽部《クラブ》を訪れた場面では、室内で再現された積乱雲の中には回転上昇流を持つものがあることも描写されている。これは「スーパーセル」と呼ばれるものであり、強い竜巻や降雹をもたらす巨大積乱雲である。雲だけではなく、側撃雷やスプライト、青い雪など、気象に関わる様々な現象が登場しており、気象マニアが狂喜乱舞する表現が溢《あふ》れている。

私は本書を読み進めていく中で、ここまで書いたような気象に関わる現象の表現にいちいち感動しながら頁をめくっていたのだが、いつの間にかストーリーに吸い込まれていた。川端氏の織りなす文章のひとつひとつが雲のように組織化し、大きな循環を作るかのように、物語が繋がっていった。日頃から小説を読み込まれている読者のみなさんには当たり前のことなのかもしれないが、私はこれまでほとんど小説を読んだ経験がなかったので、このようなひとつの世界に深く入り込んだような気分になったのは初めてのことだった。

特に私が物語に吸い込まれていったのは、「分教場の子ら、空を奏でる」からだった。空の一族の子らには大気の流れが目で見えており、雲の発生などが手に取るようにわかる。観天望気ならぬ「感天望気」である。しかし彼ら・彼女らは「見えている」というだけで、現象を発生させているわけではない。ところが彼らは村人からは気象兵器などのように恐れられ、肩身の狭い思いをしていた。ここには共感するところがあった。以前私が気象台で予報の現場に勤務していたころ、「気象台が雨を降らせているのではないか」などというクレームを受けた経験がある。人は自分の理解を超えた事象に対しては、何らかの理由をつけて安心したがる傾向があるようだ。詳細は行動心理学等が専門の先生にお任せしたいが、地震雲などのように科学的根拠の全くないものがいまだに世間で度々話題になるということがこれを体現していると思う。

物語の終盤で、「空を見て寒暖がわかるのは赤外線を見ているからではないか」という議論が展開される。これを読んで、この本は私のために書かれたものなのかという傲慢な錯覚が、確信に変わった。現在、気象分野では集中豪雨などの突発的な大気現象の実態把握を行い、そして高精度に予測するために、大気中の水蒸気や暖気・寒気を高精度・高頻度に観測しようとする取り組みがなされている。その中のひとつが「マイクロ波放射計」と呼ばれる特殊な測器を用いたものである。この測器はここ数年で国内のいくつかの研究グループが導入を始めているが、比較的新しい測器であり、いちおう私はこの測器を使った大気・雲観測研究の最先端あたりにいると自負している。この測器は、大気や雲が発している赤外域よりもう少し長い周波数帯（マイクロ波領域）の電磁波を受信し、それをもとに水蒸気や気温の高度分布を数十秒～数分間隔で解析するというものである。小難しいことは抜きにするが、この測器を通して見た空を、空の一族たちは自分の目で見ているのではないかということだ。物語の中で展開される「感天望気」が、これからの気象研究の方向性を示唆しているかのように思え、読み進めていくうちに脳汁が溢れ出る感覚を覚えた。

さて、空の一族が「感天望気」をする能力は、果たして特殊なものなのだろうか。私は一般向けに雲の講演をする際に「雲は人間と同じである」とよく表現している。見た目も違えば名前も違い、それぞれ個性がある。さらに、雲はその形状で大気の流れを可視化してくれるし、積乱雲に関係する乳房雲をはじめとして、天気の急変などを察知する観天望気に利用できる。本書で描かれている空の一族の「感天望気」は、全くのフィクションではなく、一部分は観天望気の延長線上として我々がすでに実践できるものなのではないかと思う。特に、自分たちの暮らしている地域の地理的特徴を把握した上で、その土地特有の気象学を理解していれば、本書で描かれている天気の急変の予測もできる可能性があるのだ。これは防災教育上、非常に重要なことである。

防災の観点からも、本書には非常に示唆深い記述が多々見受けられる。一時間に五〇ミリの雨でどのようなことが起こりうるか、災害についての詳細な記述があるだけでなく、「防災ってすぐに記憶が薄れる」という本質に迫る描写もある。物理学者であり随筆家である寺田寅彦《てらだとらひこ》先生が「天災は忘れた頃にやって来る」という言葉を残しているが、本書は物語の各所で防災意識を取り戻させるような工夫がなされている。

気象に関係する防災・減災は科学に基づくものであることは言うまでもなく、私をはじめとして気象研究者は日々気象観測・予測技術の高度化のために研究を進めている。しかし、技術が進歩するだけで防災・減災が上手《うま》くいくわけではない。なぜなら、技術が進歩して防災情報が高度化したとしても、それを国民が上手く利用できなければ意味がないからだ。その意味で、科学の進歩している現代においても、空や雲の変化に気付き、観天望気を日常に取り入れることが防災・減災のために重要だと私は考えている。空の一族のひとりの言葉に「天気は天空で繰り広げられる活劇」という表現があったが、まさにその通りである。天気や気象は研究段階で未知な点も多いものの、物理法則に基づいて変化する「物語」である。空や雲のことを知り、物語を先読みできるようになれば、観天望気ならぬ「感天望気」ができるようになるのではないだろうか。現代はリアルタイムの情報が充実してきているため、いまどこで雨が降っているかなど、レーダー観測情報がスマートフォンでも手軽に閲覧できる。空や雲の変化や空気の流れを体感し、気になることがあればすぐにリアルタイムの情報にアクセスする。このような体感と科学の融合が、「感天望気」を現実のものとし、災害から身を守る手段になるのではないかと思う。

本書は私にとって学び・気付きのとても多い一冊だった。この解説の冒頭で述べたように多彩な空や雲の表現が盛り沢山で、気象解説を生業《なりわい》とするキャスターや、一般向けに気象の講座をすることのある関係者にはぜひ読んでいただきたい。本書をきっかけに、読者のみなさんが「感天望気」を実践し、空や雲を楽しんでいただければ本望である。

（あらき・けんたろう　雲研究者／気象庁気象研究所研究官）

＊「分教場の子ら、空を奏でる」「雲の待ち人に、届け物をする」に登場する酒蔵については、長崎県諫早市の「杵の川」を取材させていただき、参考にいたしました。

初出
雪と遠雷　単行本時書き下ろし
微気候の魔術師、招かれる　『小説すばる』二〇一三年三月号「雲の倶楽部へようこそ」改題
眠り姫は、夢で見る　『小説すばる』二〇一三年五月号「夢占い」改題
観天の者、雲を名乗る　単行本時書き下ろし
天空の妖精が、光の矢を放つ　単行本時書き下ろし
分教場の子ら、空を奏でる　『小説すばる』二〇一四年五月号「岬の丘の分教場から」改題
龍のみうろこ、悪戯をする　単行本時書き下ろし
透明な魔女は、目の底で泣く　単行本時書き下ろし
雲の待ち人に、届け物をする　単行本時書き下ろし

本書は、二〇一五年九月、集英社より刊行されました。

川端裕人の本

銀河のワールドカップ

元Ｊリーガー花島は、驚くべきサッカーセンスを持った小学生たちと出会った。花島はコーチを引受け、全国制覇を目指す。困難の果てに彼らが出会ったのは!?　ＮＨＫアニメ原作。

川端裕人の本

雲の王

気象台に勤める美晴は、息子の楓大と二人暮し。突然届いた手紙をきっかけに、自分たちが天気を「よむ」能力を持つ一族の末裔であることを知り……。かつてない〝気象エンタメ〟小説！

集英社文庫

天空《てんくう》の約束《やくそく》

2017年10月25日　第1刷　　定価はカバーに表示してあります。

著　者　川端裕人《かわばたひろと》

発行者　村田登志江

発行所　株式会社　集英社
東京都千代田区一ツ橋2-5-10　〒101-8050
電話　【編集部】03-3230-6095
【読者係】03-3230-6080
【販売部】03-3230-6393（書店専用）

印　刷　凸版印刷株式会社

製　本　凸版印刷株式会社

フォーマットデザイン　アリヤマデザインストア　　マークデザイン　居山浩二

ISBN978-4-08-745647-9 C0193